Lexique des termes typiquement australiens page 196.

Bernie LEE
Éditeur : Books on Demand GmbH
12, 14 rond point des Champs Elysées
PARIS, France
Impression : Books on Demand, GmbH
Worderstedt, Allemagne
ISBN : 9782322102433
Dépôt légal : Février 2019
Tous droits réservés pour tous pays

MINE DE RIEN
Un Polar Australien

Bernie LEE

Chapitre 1

Townsville, 3 février

Josué s'étira. D'abord un bras, puis l'autre, puis de la jambe, il chassa le drap qui le couvrait à demi. Il transpirait déjà. Il ne s'était jamais fait à ces moiteurs tropicales qui vous surprennent au lit, dès le matin, comme des sueurs malsaines.

Six heures, le thermomètre indiquait déjà trente et un degrés. Il passa la main sur son dos et des petites boules noires roulèrent sous ses doigts. Cela non plus, il ne s'y ferait jamais. En Espagne, quand on bronze, la peau devient ambrée comme un tableau du Titien, brillante comme le xérès, belle comme des petits pains d'épice d'Alicante. Et la peau des touristes téméraires qui veulent par trop affronter en un jour le soleil de la côte, s'envole par grands lambeaux, comme des foulards de soie ou des dentelles de Ronda.

Ici, rien de pareil. Le soleil ne tient pas, la couleur ne tient pas, la peau ne tient pas. Il suffit de passer ses doigts sur elle pour qu'elle se disperse et roule sous vos doigts comme des miettes de mie de pain sales, en petites boules noires et grasses. Au début, il allait sous la douche et se frottait à en rougir, à s'écorcher. Puis, sûr d'être propre, d'être bien lavé, il vaquait à préparer son déjeuner. Deux minutes après, il transpirait. Un quart d'heure plus tard, il retrouvait les boules noires.

Aujourd'hui, il n'y faisait plus cas, du moins se frottait-il machinalement, comme on le fait par une vieille habitude. Hier soir il avait bu au pub, plus que de raison. Il était rentré tard, très tard et il s'était affalé sur le lit en sortant d'une douche encore trop chaude, sans même prendre le temps de s'essuyer.

D'habitude, la chaleur le réveillait à cinq heures, depuis un mois déjà, depuis le plein été. C'est vrai que l'on était au tout début de février. Mais ce matin, il n'avait émergé qu'à six heures ; la fatigue et l'alcool de ces dernières nuits sans doute. Hier au soir, au pub, il lui avait semblé que la barmaid, Fiona, la nouvelle, le regardait d'un drôle d'air, curieusement, presque avec insistance. Il y pensa quelques instants et en chassa l'idée. La musique soudain se mit à gueuler dans la pièce voisine.

Didier est de retour, pensa-t-il. Didier partageait avec lui ce flat de misère dans cette baraque en bois qui menaçait de s'écrouler depuis longtemps déjà. Vingt dollars chacun par semaine ! Du vol qualifié. La musique gueulait avec persistance et Didier ne venait toujours pas prendre son déjeuner. Un moment, Josué pensa lui demander de baisser le son, puis il se ravisa. À quoi bon ? Chacun ses manies, on ne va pas s'engueuler entre pensionnaires d'un même appartement. Il but son café et fuma une cigarette. Puis en chercha une autre et s'aperçut que le paquet était vide. Plein de dépit, le corps en sueur, il poussa le ventilateur au maximum de sa puissance puis il frappa à la porte de Didier. Le poste hurlait toujours mais personne ne répondait. Il frappa à nouveau et se décida à entrer. Didier était étendu en travers du lit, la tête à moitié sectionnée, les yeux exorbités.

Chapitre 2

Paris, 18 février

Il pleut sur Paris. La pièce est sombre malgré une lumière diffuse distribuée avec parcimonie par des ampoules de soixante watts, qu'une administration mesquine s'acharne à commander trop faibles. Debout, face à la fenêtre, mains dans le dos, le Général Berthoumieux regarde machinalement les sillons de pluie courir sur la vitre, fugitives rivières qui naissent et meurent dans l'instant.
— Mon Général ! Laurent Marchand est arrivé.
— Qu'il entre.
Le Général n'a pas bougé à l'annonce de l'interphone. Imperturbable, il regarde ces sillons de pluie sur la vitre, œuvres d'art instantanées, jamais finies, toujours recommencées. Laurent pénètre dans ce bureau qui sent le vieux cuir et la citronnelle. Une manie du "vieux", la citronnelle. Il aperçoit le Général immobile, raide dans son costume bleu nuit. Il connaît. Il connaît bien le Patron : "Mauvais signe", pense Laurent, qui s'assoit sans un mot. Seules les mains du "Vieux" par quelques imperceptibles crispations trahissent une réflexion interne. Passent les minutes, longues comme une condamnation à perpette, mornes comme un ciel minier, chargées comme une camionnette africaine.
Le Général se retourne et regarde Laurent, comme s'il découvrait une présence insoupçonnée. Et pourtant, il connaît bien son visiteur ; yeux bleus, bien proportionné, cheveux clairs, quatre-vingts kilos pour un mètre quatre-vingt, et athlétiquement bâti. Laurent est dans ses quarante-

cinq ans mais ne les paraît pas encore.

— Ah ! Vous êtes là, Laurent !

Décidément, pense ce dernier, tu vieillis mon vieux ! Si le Premier ministre était à ma place, il te chercherait un remplaçant sur l'heure, et songerait à confier "la Piscine" à...

— Oui, mon Général, je suis venu dès que Carole m'a transmis votre message.

Berthoumieux regarde Laurent du regard impavide qu'on lui connaît, mais un bref instant, Laurent croit y discerner une étincelle de tendresse, vite effacée.

— Laurent, j'ai une mission à vous confier. Une de plus, me direz-vous... mais... celle-ci me tient à cœur, particulièrement.

Le Général se saisit d'une sous-chemise en carton souple qui semble incongrue sur ce grand bureau vide.

— Tenez ! Voici le dossier, je vous le résume : Didier Lacroix, cinquante-deux ans, ingénieur géologue, entré au SDEC à vingt-cinq ans, vingt-cinq missions brillamment réussies. Je vous passe les décorations ! Puis une crise de "ras-le-bol", une difficulté à dépasser la quarantaine, l'amour d'une jeunette et une croix sur le passé. Parti jouer les prospecteurs en Australie. Sans nouvelles de lui depuis dix ans jusqu'à ces jours derniers et ce rapport arrivé hier de notre ambassade de Canberra. Il y a douze jours notre consul de Sydney reçoit un coup de téléphone en provenance du Queensland du Nord. Un homme le supplie de l'écouter. Il s'appelle Didier Lacroix, désire que l'on envoie d'urgence quelqu'un pour le rencontrer, et que l'on prévienne immédiatement nos services. Donne mon nom, notre numéro de téléphone, et raccroche pressé. Le consul pense d'abord à un canular, hésite et, heureusement, contacte notre service de Canberra qui m'appelle. J'ordonne aussitôt que l'on mandate d'urgence quelqu'un pour rencontrer Didier et qu'on me fasse parvenir un rapport détaillé. Trois jours après, second coup de fil de l'ambassade : Didier a été assassiné ! Il habitait la banlieue de Townsville et partageait une vieille maison avec un Espagnol d'origine, un anarchiste rêveur aux dires de l'enquêteur du consulat.

Voilà ! Vous pouvez étudier le dossier, vous avez toute la journée pour cela, votre avion ne décolle qu'à dix-huit heures de Roissy. Correspondance à Londres par la Qantas escale à Singapour, vous serez après-demain matin à Brisbane où l'enquêteur de Sydney a mission de vous rencontrer pendant votre transit. De là, liaison immédiate sur Townsville par Ansett. Désolé mais le Singapour/Townsville n'a lieu qu'une fois par semaine. Vous voyagerez comme touriste. Visa de trois mois au nom d'André Verger, artiste peintre et photographe free-lance.

Je veux savoir comment ? Qui ? Et pourquoi ? Croyez-moi Laurent, je connaissais bien Didier, ce n'était pas un illuminé. C'était un ami de vingt ans. Nous nous sommes fréquentés chaque jour pendant deux ans. Oui, nous nous connaissions bien...

Le "vieux" semblait plongé dans des souvenirs, à croire qu'il n'était plus là. Sans doute avait-il rejoint en cet instant, dans les recoins de sa mémoire, un Didier qu'il appréciait et avec lequel il revivait quelques secrets. Laurent sortit songeur du bureau du patron. L'Australie, pourquoi pas ? Mais ce n'était ni un pays ennemi, ni une région névralgique où il se passait grand-chose... Et si c'était tout bêtement un crime de rôdeur ? Oui, mais le coup de téléphone ? ... Carole, la secrétaire, le regardait en souriant :

— Alors Laurent ? Il paraît que tu es artiste peintre à

présent ? Tu auras vraiment fait tous les métiers !

Laurent lui sourit, perdu dans ses pensées. Il décida de jeter un coup d'œil au dossier, bien mince : trois feuillets ! En fait, le vieux lui avait déjà tout dit.

Chapitre 3

Brisbane, 20 février.

Terminal des lignes intérieures d'Ansett, il est sept heures trente. Après vingt-quatre heures d'un vol international Laurent a finalement atteint Brisbane. Une heure et demie d'attente pour la correspondance sur Townsville. Une fois les formalités de police et de douane passées, il a rejoint le terminal domestique où l'attend le représentant du consulat. Assis devant une tasse de café celui-ci fait un bref compte rendu de ses investigations. En fait, Laurent n'apprend rien qu'il ne sache déjà.

— Résumons-nous, c'est donc l'Espagnol qui partageait le logement de Lacroix qui a découvert le cadavre. D'après ce Josué, le crime a eu lieu dans la maison même entre six heures et six heures et demie, dès le retour de Didier. Rapide, bien fait, sans trace, sans raison apparente et ce, sans que Josué qui était dans la pièce voisine ne se doute de rien. Ce Josué, vous l'avez rencontré ?

— Oui. Par un heureux hasard, enfin si l'on peut dire, j'ai eu connaissance du meurtre à l'aéroport dès ma descente d'avion, alors que je me rendais justement chez Monsieur Lacroix que Monsieur le Consul m'avait donné mission de rencontrer. J'ai aussitôt téléphoné à Sydney pour annoncer la nouvelle. Monsieur le Consul m'a ordonné de ne pas bouger, de prendre une chambre au Travelodge sur le Strand où il me contacterait. Dès que la nouvelle a été diffusée par la radio nationale, il a téléphoné à la Police, leur annonçant qu'il mandatait quelqu'un pour les rencontrer : mission de routine administrative, puisqu'il s'agissait d'un citoyen français. Le lendemain matin, je me suis présenté à la Police, qui a bien voulu me communiquer les premiers résultats de l'enquête, autrement dit : zéro ! J'ai alors pu me rendre à l'appartement de Monsieur Lacroix où j'ai rencontré ce descendant d'espagnol.

— À quoi ressemble-t-il ?

Il est grand, bien bâti et bronzé avec des yeux sombres et des cheveux noirs et raides.

— Quelle impression vous a-t-il fait ?

— Celle d'un homme abasourdi, ne comprenant pas, renfermé, presque apeuré.

— Ses relations avec Didier ?

— Celles de deux Européens partageant un logement en commun. Vous savez ici c'est la coutume par mesure d'économie. Chacun sa chambre et l'on partage les pièces communes. Bon voisinage, sans plus. Monsieur Lacroix n'occupait cette chambre que depuis six mois et n'était pas souvent là. Il partait des semaines entières.

— Josué sait-il ce qu'il faisait ?

— Oui, il prospectait le bush, c'était un opal-miner. Votre Didier Lacroix semblait être une sorte de hippy attardé, ou un de ces prospecteurs mineurs farfelus qui sillonnent la contrée. D'après Josué, il ne devait pas être très futé, un peu ours, un peu dingo. Croyez-vous vraiment que son coup de téléphone puisse être pris au sérieux ?

— Pourquoi croyez-vous qu'il a été assassiné ? Pourquoi croyez-vous que je sois là ? Pourquoi croyez-vous que ma mission m'accrédite « priorité bleue ? »

Chapitre 4

Dans ce quartier excentré de Townsville, le pub reste le dernier bastion de vie sociale. Plus que pour jouer quelques dollars aux pokers machines ou boire quatre ou cinq pintes de bière fraîche, les habitués viennent pour partager quelques instants entre amis et avoir ainsi l'impression de faire encore partie de la communauté. Ils n'ont pas comme leurs femmes l'occasion de tailler une bavette avec leurs voisines en faisant leurs courses au supermarché : Coles ou Woolworth.

Le pub est non seulement sombre par son éclairage restreint mais aussi à cause de ses murs peints en vert olive, de sa moquette anthracite aux motifs à fleurs grises, et de son bar en acajou. L'obligatoire machine à cigarettes est reléguée entre les deux portes d'un brun sombre des toilettes "mâle" et "femelle". C'est le genre d'établissement où l'on n'est pas habitué à voir de nouveaux visages.

— Et vous restez longtemps dans la région ?

— Non. Je pense partir demain, ou après-demain. Le Tableland est très beau, paraît-il.

Oui, sur le plateau, c'est plus verdoyant qu'ici, mais il faut aussi voir la côte au nord d'Inisfail ou entre Cairns et Cooktown.

— Vous êtes de la région ?

— Oui, je suis né près de Cairns, et vous ? Vous êtes Français ?

— De naissance, mais vous savez moi la nationalité, répond Laurent laconiquement

— Il y avait un "froggy" qui vivait à côté, il a été assassiné il y a deux semaines.

— Pourquoi, parce qu'il était Français ?

— Non, bien sûr. Sûrement quelque rôdeur ou quelque détraqué, mais ça a fait du bruit dans la contrée. Tiens, vous voyez le type là-bas avec le tee-shirt bleu ? C'est Jo, ils partageaient le même "flat".

— C'est aussi un froggy ?

— Non, un descendant d'Espagnol, ou de Portugais. Il a passé du temps dans ces pays et au Vietnam.

— Il n'a pas l'air joyeux votre client.

— Évidemment, vous pensez, ça fait quand même un drôle d'effet, surtout que quand ça s'est passé, il était à trois mètres dans la pièce à côté.

— Pensez-vous que je puisse lui offrir un verre ? Peut-être qu'entre Européens ça lui ferait du bien de parler du pays, ça lui changerait les idées. Il se peut que je connaisse la région où il a passé du temps sur le continent.

— Attendez, je vais lui dire…

— Jo, il y a un type là-bas, c'est un touriste, un Français, il veut t'offrir un verre et parler du pays.

— Quel pays ? Sait-il seulement d'où ma famille est originaire ?

— Je lui ai dit que tu étais Espagnol ou Portugais, il m'a dit qu'il connaissait.

— Je n'ai pas envie de lui parler.

— Trop tard, le voilà qui rapplique.

— Buenas tardes, senior.

— Qui vous a dit que je parlais espagnol ?

— La barmaid, espagnol ou portugais, j'ai misé sur l'Espagne.

— L'Espagne, c'est loin, c'est le passé.

— Quel coin ?

— Saragosse.

— Ah ! Notre Dame del Pilar ! Saragosse c'est mon péché mignon.
— Tu as été là-bas ?
— J'ai vécu six mois à fonda del arriba, carretera del.
— Chez la grosse Carmen ?
— Tu connais ?
— Je ne connais qu'elle !
— Ah ! Dis donc si le monde est petit ! Qu'est-ce que tu bois, c'est ma tournée.
— Four X "mate".
— Deux bières, s'il vous plaît, une XXXX, une Foster.
— Qu'est-ce que tu fais par ici ?
— Artiste peintre et photographe free-lance, je vends quelques articles à Geographia, Historia, Connaissance du monde.
— Ça rapporte ?
— Ce n'est pas le Pérou, mais ça permet de voyager, j'aime bien les voyages et toi ?
— Quoi moi ? Si j'aime les voyages ?
— Non, qu'est-ce que tu fais ?
— Je travaille au port, docker, c'est bien payé.
— Le pays te plaît ?
— On s'y fait, faut bien, si ce n'était pas cette putain d'humidité !
— C'est vrai que je n'ai pas choisi la meilleure période, qu'est-ce qu'on transpire, la nuit dernière, j'ai juste dormi deux heures.
— Où es-tu descendu ?
— Oh ! J'ai dormi sur la plage, vingt dollars une chambre d'hôtel, c'est au-dessus de mes moyens.
— Tu pars quand ?

— Demain ? Après-demain ? Miss ! S'il vous plaît ! Remettez-nous ça.
— Si tu veux, je peux t'héberger pour une nuit ou deux.
— Dis donc, t'es vraiment sympa, mais je ne voudrais pas te déranger
— Tu ne me dérangeras pas, c'est la chambre d'un copain, tu ne le dérangeras pas non plus.
— Tu n'en sais rien, pourquoi ? Il n'est pas là ?
— Non, il est mort, tu ne savais pas ?

Chapitre 5

De retour à la maison Josué se retourne vers Laurent en souriant.

— Je t'ai dit que ce n'était pas un palace.

Lorsqu'il voit la maison de bois délabrée où vivait Didier, Laurent réalise que ce n'est certainement pas Versailles.

— Entre, je vais te faire les honneurs des lieux, tu peux laisser ton sac sur la véranda, on va y revenir boire une bière, il y fait plus frais. Voici la chambre de Didier. Tu peux coucher là. Si tu as des frusques à suspendre, tu peux utiliser la penderie. Si tu as besoin de plus de place sur la table, tu n'as qu'à entasser ces pierres sur un coin.

— Ben dis donc ! Ton pote il faisait collection de cailloux ?

— Oui, il cherchait des mines d'opales, il adorait les pierres, pour leur beauté sauvage qu'il disait.

— Et il gagnait bien sa croûte avec ça ?

— Faut pas croire, mais du moins il survivait, ce n'était pas Rockefeller, tu vois la piaule où il vivait, vingt dollars par semaine !

— Le prix d'une nuitée dans le moins cher des hôtels.

— Oui, mais le merdier ! C'est histoire de ne pas camper dehors.

Josué s'empare d'un carton de bières et ils viennent s'asseoir sous la véranda. Laurent ne boit que deux canettes avant de s'assoupir dans une chaise longue, seulement un quart d'heure, mais bienvenu, un court repos réparateur après vingt-cinq heures de vol.

À son réveil Josué l'interroge :
— Parle-moi de Saragosse et de Carmen…
— Carmen, je ne voudrais pas te décevoir si tu en étais amoureux, mais actuellement elle frise les cent kg.
— Elle les a toujours faits.
— Ah !

Laurent heureusement avait vraiment passé huit jours dans cette pension lors d'une précédente mission ce qui lui permit d'en dire des vérités. Cette question était-elle un piège pour le sonder ? Peut-être Josué trouvait-il bizarre cette arrivée d'un français quinze jours après la mort de Didier. Laurent décida d'attaquer.

— Dis donc c'est quand même curieux le hasard, que j'arrive ici juste quinze jours après l'assassinat d'un Français, car des Français par ici, il ne doit pas en passer souvent ?
— Tu sais c'est marrant, c'est justement la question que je me posais.
— Quelle question ?
— Si c'était vraiment le hasard…
—…
— Oui, tu aurais pu, je ne sais pas, être une sorte de flic venu enquêter, mais c'est vrai que l'autre est déjà venu. Et puis merde, un meurtre il n'y a pas de quoi en faire un plat.
— Non sérieux ! Tu me prenais pour un poulet quand tu m'as vu au pub ?
— Pas quand je t'ai vu, quand tu es venu m'aborder. Tu as déjà fait des peintures dans le coin ?
— J'ai fait quelques crobards, tiens je vais te les montrer.

Laurent se félicita d'avoir jeté sur un carnet quelques croquis qu'il avait exécutés d'après photos et revues touristiques.

— Pas mal, tu as un bon coup de patte.

— Tu peins aussi ?

— Non, mais ça ne m'empêche pas d'apprécier. Tu ne voudrais pas me faire un dessin de cette putain de baraque en bois. Ça me fera un souvenir pour plus tard.

Grossier le piège ! se dit Laurent. Il s'exécuta promptement.

— Tiens, c'est juste une esquisse.

— C'est vrai que tu as un bon coup de patte. Merci, mon pote.

— De nada ! Dis donc et si je prenais quelques photos et que j'essayais de faire un article : " le mort du bout du monde " Non, il n'y a rien d'original. Parce que tu comprends, vendre des articles sur l'Australie en France… Bonjour ! Les gens se foutent de l'Australie. C'est trop loin, il ne s'y passe jamais rien. Si seulement il avait pu être attaqué par un dingo ou bouffé par des sauvages… Là, ça aurait pu me donner une petite excuse, mais un meurtre ça n'a rien d'original.

— Ce n'est peut-être pas original, et peut-être que ça l'est… Oui, peut-être ? Je vais te montrer quelque chose. Seulement tu vas fermer ta gueule, on ne sait jamais. Tiens ouvre ce placard, tu vois les grosses godasses au fond ? Apporte-les. Tu sais ce que c'est qu'un compteur Geiger ? Oui ? Moi aussi, au port nous nous en servons pour contrôler. Et lui Didier pour ses recherches, il avait celui-ci, et puis ce détecteur de métal que tu vois là-bas, ce truc dérivé des " poêles à frire" qui servaient à déminer. Tiens regarde ! Tu as déjà vu des godasses qui affolaient les aiguilles à ce point-là ! On dirait des Andalouses qui dansent un flamenco !

— Putain ! Mais tu es con de garder ça dans une armoire ! On risque de se faire contaminer. Le bois, ça ne protège pas, faudrait du plomb, faudrait... Mais pourquoi tu as gardé ça ?

— Je dois les enterrer mais chaque jour, je dis demain, manque de temps, la flemme.

— Mais pourquoi, il les avait sur lui ? Oui, pourquoi les lui as-tu enlevées ? Pourquoi ne les lui as-tu pas laissées aux pieds ?

— Je me suis dit, on ne sait jamais, et si quelqu'un réclame le corps, et que connement, à la douane, à la sécurité, on passe avec un petit compteur. Tu vois d'ici le bruit ? Le merdier qui me tombe dessus, les curieux, et puis peut-être les "autres" qui pensent que je sais des choses, les autres qui doivent bien avoir un petit rapport avec le ballet des aiguilles.

— Tu sais que tu n'es pas con !

— Je sais, c'est pour ça que j'ai survécu jusqu'à présent, faut pas se fier aux apparences.

— Mais comment t'es-tu aperçu de ça ?

— Quand j'ai trouvé le Didier égorgé, sur le moment j'ai eu les foies. Pas de voir un mort, au Vietnam j'en ai vu pas mal, mais que ça se soit passé dans la pièce à côté, juste là, sous mon toit, presque sous mon nez ? Alors je me suis dit : bon le mec a pris des risques, c'est quand même pas pour rien ! J'ai cherché la raison, je n'ai pas trouvé. Et puis j'ai pensé, ses outils au Didier ça ne pourra plus lui servir, ni ses cailloux, alors j'ai récupéré quelques pierres et j'ai essayé sa poêle à frire pour rigoler et le compteur Geiger. Alors, tu imagines ma gueule quand ça, c'est mis à danser !

— Et tu penses que ton pote il aurait pu découvrir une mine d'uranium et qu'un tas de petits jaloux n'auraient pas aimé ça ? Tu ne trouves pas que ça fait un peu cinéma non ?

— Tu vois une autre raison ? Et un mec qu'on vient égorger dans sa piaule quand il y a quelqu'un dans la pièce à côté, ça ne fait pas non plus cinéma d'après toi ? Et pourtant cela s'est fait.

— Merde ! Tu as eu du pot qu'ils n'en dessoudent pas deux d'un coup, car après tout si c'est vrai, tu aurais pu raconter des choses.

— Raconter quoi ?

— Je ne sais pas ? Des confidences que Didier t'aurait faites ?

— Non, d'après moi la découverte de Didier c'était du tout neuf, et c'est pour ça, justement avant qu'il puisse éventuellement m'en parler, avant qu'il y ait trop de monde au courant qu'on l'a descendu. Si tu veux mon avis Didier a découvert quelque chose dans les huit jours qui ont précédé sa mort. Il ne savait rien avant, quand il est parti d'ici et il en savait trop quand il est revenu. Tourne comme tu veux, je ne vois pas d'autres explications. Et on ne saura jamais quoi, car entre sa découverte et sa mort il n'a contacté personne ; sinon il y aurait eu d'autres cadavres.

— Ouais ! Donc d'après toi c'est un coup de pot que tu ne l'aies pas rencontré à son retour sinon tu y avais droit aussi.

— Je pense. Pareil, s'ils savaient ce que j'ai découvert.

— Mais dis donc, pourquoi tu me racontes tout ça, et si moi j'étais de leur bord ? À supposer que ta théorie des "autres" soit valable.

— Je ne pense pas. J'ai jeté un coup d'œil à ton passeport pendant que tu sommeillais tout à l'heure, tu étais encore en France quand ça s'est passé.

— Oui, mais les tueurs auraient pu me faire venir pour te liquider !

— Crois-tu que ce n'aurait pas été plus simple en même temps que Didier quand j'étais dans la pièce à côté et qu'ils étaient sur place ? Non, je ne pense pas que tu sois dans le coup, mais je ne pense pas que tu sois photographe non plus, ou pas juste ça.

— Tu veux dire quoi ?

— Je veux dire que le Didier, il n'était peut-être pas non plus qu'un simple mineur d'opales. Je t'ai dit que j'ai connu la guerre au Vietnam quand j'étais légionnaire. Seulement ça, tu ne le savais peut-être pas. Alors les hommes ! J'en ai connu de toutes sortes et Didier, ce n'était pas un gamin. L'air de rien, je l'ai un peu questionné, il y a des tas d'endroits qu'il avait connu le Didier, des tas d'endroits, y compris la funda de la grosse Carmen. Hé oui, c'était peut-être un lieu de passage pour les gars du SDEC, mais c'était aussi un point de chute pour les anars, tu ne savais pas ? Alors peut-être que le Didier, il connaissait du monde à Paris et que ta venue ce n'est pas tout à fait par hasard. Peut-être que toi aussi tu aimerais savoir pourquoi ? Parce que l'autre qui est venu, celui de l'ambassade, il avait une belle tête de fonctionnaire tu vois, mais pas une tête à connaître la grosse Carmen comme Didier ou comme toi.

— Pour un docker tu travailles plus avec la tête qu'avec les bras mec ! Putain quelle imagination !

— Ouais, ça te la coupe hein ! Tu pensais : l'Espagnol je vais me l'endormir en deux coups de cuillère à pot ! Faudra repasser mec, faudra leur dire à Paris que leurs blancs-becs d'ambassade ils ne sont pas futés, sinon ils auraient pensé qu'en Australie tu peux changer de nom, c'est comme à la Légion. Tu vois, tu aurais pu être mieux rancardé avant de venir, et puis re-manque de pot : tes crobards sur l'Australie. Tu aurais dû les faire d'après nature au lieu de les pomper sur un bouquin, car tu vois, le Mall que tu as croqué, c'est con, mais tel que tu l'as dessiné là, il est vieux d'un an. La deuxième partie a été réalisée depuis. Qu'est-ce que tu en dis ? Pas trop con le vieil Anar, hein ?

— Tu faisais quoi dans la Légion ?

— Comme toi, mec : du renseignement. 2° Bureau à Saïgon sous les ordres du "Fada". Renseigne-toi, demande s'ils ont souvenir de l'adjudant Lopez. C'était mon nom à la Légion.

— D'après toi, qu'est-ce que je dois faire, écouter tes sornettes et...

— D'après moi, au lieu de perdre ton temps, tu ferais mieux d'aller téléphoner, moi je suis prêt à marcher avec toi si tu es habilité à recruter sur place. Mais cocorico, fini mon pote si je repique au truc j'ai besoin d'être payé, tu comprends ? Oui, je vois que tu comprends. Le téléphone, tu sais où c'est ?

— Je sais.

Chapitre 6

— Dis-moi mec, tu es vachement discret dans ton genre. Tu ne m'avais pas dit tout ce que tu avais fait à la légion. Des séries de références que tu trimbales, dis donc ! À Paris, ils se sont fait communiquer ton dossier par la Sécurité militaire.

— Oui : dix kilos de médailles, deux kilos de palu, un éclat de mortier

— Bon, si tu es d'accord, on marche ensemble. Ça ne sera pas le Pérou mais tu reprends du service : la paye de ton grade, payée double en campagne, plus un petit paquet-cadeau à la fin de la mission, ça va ?

— Ça va. Maintenant on boit un coup pour arroser ça.

— Dis-moi d'abord, je suis curieux, pourquoi la légion ?

— Oh ! La légion. Ça n'a pas été par vocation. Après mes études ici, je suis allé passer quelque temps en Espagne au pays de mes ancêtres. Un jour, là-bas, je me suis bagarré avec un putain de fasciste, ce salaud tapait dur, moi aussi, trop même, il ne s'est pas relevé. Aussitôt, je me suis sauvé en France, histoire de mettre de la distance entre nous. Mais je me suis fait piquer à la frontière. Sans visa ces connards voulaient me renvoyer là-bas, autant m'envoyer directement au peloton d'exécution. Alors le plus vieux m'a mis un marché entre les mains : l'Espagne ou la légion. Je n'ai pas hésité : La légion ! Tu vois, pas par choix, mais pour sauver ma peau. Ils m'ont directement envoyé au Vietnam. Cinq ans. J'ai passé cinq ans là-bas avant de pouvoir revenir ici dans le pays où j'ai grandi. Voilà, tu sais. Maintenant, parle-moi de Didier.

— Didier était vraiment ce qu'il disait être : mineur d'opale, mais c'était un ancien du service. Dix ans qu'il était retiré du circuit, dix ans que le patron n'avait plus entendu parler de lui. Seulement, ils avaient des tas de souvenirs communs. Didier a dû tomber sur un gros coup. Trois jours avant sa mort, il a appelé le consulat de Sydney en demandant qu'on contacte Paris. Il a donné le numéro de téléphone du vieux et réclamé que quelqu'un le rencontre d'urgence. C'est tout. Il a été descendu juste après.

— D'après toi "les autres" n'ont pas eu vent du coup de fil ?

— Je ne pense pas. Sinon, j'aurais été attendu. Didier était trop futé pour conduire quelqu'un au téléphone. Il a dû appeler d'une cabine paumée en plein bush.

— Donc, notre seul avantage, c'est que les autres ignorent que nous sommes sur le coup ? Très bien, maintenant on va essayer de localiser le problème. Tu vois cette penderie, c'est l'armoire de Didier. Regarde à l'intérieur de la porte. Tu vois cette carte du Queensland, c'était son jeu de piste. Il a tracé tous ses itinéraires. Il est parti d'ici et il a continué ses prospections sur la droite. Je sais parce que le mois dernier il y en avait cinq de tracés. Aujourd'hui, il y en a huit. Donc le dernier secteur qu'il a prospecté et qui ne figure pas sur cette carte, c'est une boucle oblongue sensiblement de la superficie des autres et qui se situe à la droite du dernier circuit tracé. Ce n'est pas très précis, mais ça détermine un endroit relativement exact de son parcours.

— Mazette ! Tu sais que tu as d'un coup vachement restreint le champ de nos recherches !

— Pas si vite, camarade ! Sur la carte ça fait petit, en réalité, tu en as bien pour huit cents kilomètres carrés.

— Oh ! Merde !

— Oui, comme tu dis. Remarque, tu as tout ça à éliminer, parce que je connais la région. À mon avis, ça se situe dans ce losange, mais il fait bien trois cents kilomètres carrés et pour y aller sans se faire remarquer, ce n'est pas évident. Moi je dois être connu, et toi, il te faudra te trouver une bonne excuse pour y expliquer ta présence sans susciter de curiosité malsaine ! Oui, une sacrée bonne excuse !

— Et d'après toi, tu vois ça comment ? Je veux dire, ce que l'on cherche j'ai une vague idée, mais les autres c'est qui ?

— Ce ne sont pas les "abos". Les aborigènes, tu peux les éliminer, reste les blancs. Les blancs ça peut être n'importe qui sauf peut-être les fermiers des stations.

— Des quoi ?

— Des grandes fermes. A priori, ils ne s'intéressent qu'à leur bétail, reste tous les autres : des hippies qui font pousser de l'herbe en douce.

— Pas dans un coin paumé !

— Mais si, ils restent six mois sur place, des dingues, à surveiller leur récolte sauvage, chaque pied de marijuana tiré sur un fil tourné vers le soleil, arrosé avec une pompe à main. Dès qu'il y a le plus petit cours d'eau, ils peuvent être là. Des mineurs, des paumés, ou des gars futés qui auraient été là avant Didier. Pour moi, Didier a dû tomber sur un truc déjà en marche. À mon avis, ce n'est pas quelqu'un qui a voulu rafler sa découverte, mais lui qui a découvert quelque chose qu'il n'aurait pas dû, et les autres l'ont repéré. Non ça ne va pas être de la tarte, et surtout, il ne va pas falloir faire la même découverte, ou alors pas la digérer dans les mêmes conditions.

— À mon avis, il doit s'agir d'un riche gisement

d'uranium connu seulement de quelques initiés. Y a-t-il des mines officielles dans le coin ?

— Non, les gens de Minatone cherchent plus près d'ici. Il semblerait d'ailleurs qu'ils ne cherchent pas mais qu'ils aient trouvé. Il y a un accord entre Australiens, Japonais, et Français pour exploiter ensemble une région. Les recherches sont surtout menées par les Australiens et les Français, société mixte.

— Comment sais-tu tout ça ?

— Par un copain à moi Jean-Paul Turcaud, c'est un prospecteur, et un bon. Ce type a découvert l'un des plus grands gisements d'or dans les Monts Patterson de l'ouest australien. Il a baptisé la colline Patricia, du nom de sa sœur. Personne ne voulait jeter un regard sur ses échantillons, jusqu'à ce que quelqu'un décide de faire une analyse et éprouve la plus grande surprise de sa vie. Le plus haut niveau de teneur en or. Bien sûr, personne ne lui a rien dit. Ils ont jalonné le terrain et fait une demande de licence de prospection pour eux-mêmes, mais ça, c'est une autre histoire.

— Et tu crois que nos gars auraient découvert le Pérou ? Il pourrait y avoir un gros gisement dans le coin.

— Non, Jean-Paul prétend que, de toute façon, tous ces géologues ne sont que des têtes de nœuds. Ils ne feraient pas la différence entre leur trou du cul et un trou dans le sol. Il dit que 90 % de toutes les découvertes sont faites par des prospecteurs comme lui qui comprennent réellement le sol. Il prétend qu'il aurait aussi redécouvert la mine d'or de Lasseter mais que, par revanche, il n'en révélera l'endroit à personne. Il peut seulement dire que si quelqu'un découvre une paire de lunettes de soleil teintées bleues qu'il a laissées près d'une inscription sculptée par Lasseter dans le roc, il ne sera pas loin du trésor. Il fait ce pari qu'ils ne trouveront pas car ils sont fins comme du gros sel.

— Peux-tu demander à ton copain s'il aurait vu des gens prospecter la région ces deux derniers mois ?

— Pas de chance, il a été tellement écœuré par le vol de sa mine qu'il est reparti en Europe, il réside à La Rochelle et a juré qu'il ne remettrait plus jamais les pieds ici. Mais il y a un autre gars auprès de qui on pourrait se renseigner, Bernard, un géologue français du BRGM qui fait des études de terrain pour Minatone, je l'ai rencontré un jour.

— D'après toi, Minatone n'aurait pas trouvé le bon filon, ou tout au moins, pas le seul. Il pourrait y avoir un riche filon non répertorié dans ce coin-ci ?

— Je pense. Va savoir avec ce pays de cocagne, tous les jours, tu apprends qu'ils ont découvert d'immenses gisements de toutes sortes de minerais.

— Et tu n'as pas la moindre idée de la façon dont on pourrait explorer le coin sans attirer l'attention ?

— Non, aucune. Tu ne peux pas passer pour un fermier, le peu d'entre eux qui vivent dans la région se connaissent depuis plusieurs générations. Tu ne peux passer pour un "Abo" même à te peindre en noir et à te balader à poil. Difficile de jouer les hippies ? Quant aux touristes, jamais vus dans le coin.

— On pourrait peut-être se faire passer pour des flics à la recherche de plantations d'herbe ?

— Des clous, ils patrouillent depuis des années dans le coin et sont connus des fermiers, lesquels patrouillent même parfois avec eux accompagnés de chiens. Et puis les recherches sont parfois faites d'avion.

— Par avion ?

— Oui, des petits zincs de l'antidrogue qui repèrent les plantations et balancent du défoliant.
— Et si on faisait d'abord un tour en zinc ?
— Tu veux piquer un avion à l'antidrogue ?
— Et merde...
— Hé oui, comme tu dis !
— Et un avion qui tombe en panne...
— Comme ça, juste à l'endroit où il se passe quelque chose ? Par miracle ?
— Alors, il n'y a pas de solution ?
— Attends-je réfléchis, il y a peut-être un moyen.

Chapitre 7

Dans son appartement du Reef traders, le building blanc de l'Esplanade, Jo regardait la mer. Au-delà de la baie de Cairns envahie par la boue alluvionnaire des champs de canne à sucre, il regardait le " Captain Cook " qui ramenait sa cargaison de touristes de Green Island. La mer était calme. L'appartement sentait le luxe, non pas le luxe raffiné, mais le luxe criard que permet l'argent aux capricieux qui ne le comptent pas et dont ce n'est pas le souci majeur. La sonnette le tira de sa rêverie. Ula, une Allemande longue, mince et bronzée, vêtue d'un seul slip de satin blanc revint vers lui.

— C'est un froggy qui veut te voir.
— Tu lui as demandé pourquoi ?
— Il dit que c'est personnel.
— Bonjour, je m'appelle André Verger, on pourrait causer ?

Jo regarda l'arrivant :

— Ula, mon petit, sers-nous deux whiskys et va te tremper, la piscine est à point.

Laurent détaillait Jo. Ancien garde de corps d'Elvis Presley, il était à ce que la rumeur locale prétendait riche comme Crésus, et plus ou moins mouillé dans la Mafia. André leva son verre en signe de "santé", et but doucement une gorgée en laissant peser le silence et fondre les glaçons. Jo le soupesait entre ses paupières mi-closes.

— Tu voulais me voir ?
— Je voulais.
— Alors, tu m'as vu ?
— Je t'ai vu.

— Tu fais dans quoi ?
— Dans la peinture.
— En bâtiment ?
— Artistique.
— Je ne suis pas acheteur.
— Je ne suis pas vendeur non plus. Et toi, tu es vendeur ?
— Vendeur ? Vendeur de quoi ?
— Je ne sais pas. Disons que moi j'aimerais acheter de la tranquillité par exemple, pas toi ?
— Quoi, moi ?
— Tu n'aimerais pas acheter de la tranquillité ?
— Pour ça, mec, j'ai toute la tranquillité que je veux.
— Oui, mais tu n'aimerais pas l'assurer ?
— Tu fais aussi dans l'assurance ? N'aie crainte, je suis bien assuré de ce côté.
— Oui, il paraît que l'inspecteur Mac Douglas a une très belle villa.
— Ça veut dire quoi ?
— Juste ce que j'ai dit. Comme le député Lawson.
— Ça veut toujours dire la même chose ?
— Toujours.
— Et c'est pour m'emmerder avec tes énigmes que tu viens me déranger ?
— Oui et non : oui, c'est pour te parler de ça, non ce n'est pas pour te déranger au contraire, ce serait plutôt pour t'arranger. Tu permets que je te raconte une histoire ? J'aimerais connaître ton opinion.
— Raconte !
— Supposons des gens qui auraient une affaire qui marche bien, tu vois le genre, je ne sais pas disons : plantation de tomates. Et la vente des tomates ça rapporterait

gros. Alors comme ça, ils exploiteraient une petite coopérative, ils exploiteraient plusieurs champs de tomates, ils les expédieraient sur le marché de Melbourne où les cours sont élevés et tous les ans ils feraient grassement leur beurre. Le garde champêtre serait un brave homme avec mauvaise vue et belle villa. Bref, tout irait pour le mieux dans le meilleur des mondes. Et moi, je ne vois pas pourquoi les affaires ne continueraient pas. Et puis voilà qu'il y a un connard qui déciderait d'élever des renards juste à côté des champs de tomates. C'est con, parce que les renards, il y a deux solutions. Ou ils sont bien enfermés, ni vus ni connus, ou il y en a un qui a la rage et qui se promène. Quand ça se sait, forcément on fait une battue au renard. Et qu'est-ce qui se passe ? Voilà qu'on piétine les champs de tomates, voilà que tous les journaux parlent des tomates. Qu'est-ce que tu en penses toi, de cette histoire ?

— À mon avis, c'est con d'élever des renards.

— C'est aussi mon avis, mais encore ?

— Il faudrait éliminer les renards avant la rage.

— C'est aussi mon avis. Ravi que l'on se comprenne. C'est pour ça que je suis venu, pour te parler des renards. Je savais bien que tu étais un bon citoyen et que tu aimerais participer à la chasse aux nuisibles. Alors en tant que vétérinaire je me…

— Tes renards, c'est quoi ? Et où ?

— Je ne sais pas encore.

— Tu te fous de moi ?

— Non, crois-moi, c'est trop gros pour toi, mais je ne sais pas encore ce que c'est. Par contre, ce que je sais, c'est que si ça ne se règle pas très vite, ça va faire un tel "Boum" dans le coin, que " tranquillité", c'est un mot que tu pourras rayer de ton vocabulaire.

— Qu'est-ce que tu es au juste ?
— Je te l'ai dit : un vétérinaire spécialisé dans la chasse aux renards.
— Un vétérinaire ça n'a pas grand pouvoir.
— Tu veux parier ?
— Je préfère pas. Pourquoi moi ? Pourquoi es-tu venu me voir ?
— Parce que le syndicat des planteurs de tomates et moi, nous avons des intérêts communs. Ni toi, ni moi, ne voulons voir la rage s'étendre par ici.

Laurent était assez content de sa visite. Non qu'il ait fait de grands progrès mais pour lui résoudre une énigme c'est comme une partie d'échecs. On ne peut gagner à moins de placer correctement ses pions au départ. Josué était curieux de connaître le résultat de l'entretien.
— Alors ?
— Pas con le Jo, il a très bien senti ou étaient ses intérêts. Il marche avec nous.
— Il contrôle des plantations dans le coin ?
— Juste une en bordure, mais par contre, il contrôle les flics qui recherchent les plantations, et eux, ils contrôlent partout, sauf bien sûr où il y a les plantations de Jo, enfin celles de Jo et des autres Italiens de la mafia de Cairns.
— Et tu aurais confiance en ces flics pourris ?
— Non.
— Alors ?
— Alors moi, je n'apparais pas. Mais, à Jo, ils lui diront ce qu'il voudra savoir.
— Ouais !
— Tu n'as pas l'air emballé ?
— D'abord tu n'es pas sûr qu'aucun mec de la mafia

ne trempe pas dans l'autre salade. Ensuite, un flic acheté par Jo peut aussi se faire acheter par d'autres Et encore comment veux-tu que des flics découvrent ce qu'ils ne cherchent pas, car tu ne vas pas leur dire ce qu'il faut chercher ?

— Non, mais s'ils ratissent chaque jour un bout de terrain précis et que nous passions le soir en douce les pneus de leur voiture au détecteur, peut-être qu'on délimitera ainsi un petit secteur.

— Pas con.

— Pas futé non plus je sais, mais c'est tout ce que j'ai trouvé.

— Et tu es sûr de Jo ?

— Autant que d'un cobra, mais un cobra n'attaque pas un tison enflammé et tant qu'il suppose que je brûle...

— Il va essayer de se renseigner auprès de Lawson.

— Celui-là, il vient d'être convoqué à Canberra.

— Oh ! Dis donc tu as le bras long !

— C'est ma seule carte.

— Tu n'as pas intérêt à ce qu'elle soit biseautée, je ne donnerais pas cher de notre peau.

— Moi non plus.

Chapitre 8

Gary et Sean avaient l'habitude de patrouiller ensemble. Depuis dix ans qu'il était flic dans le coin, Gary avait arrondi son estomac à la Foster, l'une des trois bières qui se partagent le marché du Nord Queensland avec la XXXX et la N.Q. Il avait souvent pensé à laisser tomber le job et partir dans l'Ouest australien avant que le boulot n'épuise le meilleur de lui. Comme la majorité de ses compatriotes, il avait voyagé à l'étranger mais ne connaissait pas cette partie isolée de son continent. Mais il était toujours là à se traîner. Sean était originaire de Sydney, mais il avait conservé la nostalgie du Vietnam, raison pour laquelle il avait demandé son transfert dans le Nord Queensland. Il n'était là que depuis cinq ans, mais depuis cinq ans, il faisait équipe avec Gary.

La Falcon patrouillait dans le bush sur l'ordre de l'inspecteur Mac Douglas, un truc à la con. Depuis huit jours, ils avaient ordre de vérifier chaque jour un périmètre différent. Et pour chercher quoi ? Ils savaient bien que dans ce secteur où il n'y avait aucune crique, aucun point d'eau, il ne pouvait y avoir de plantation sauvage. Et contrairement aux habitudes, Mac n'avait pas donné de consignes précises. Ils devaient patrouiller, rechercher de soi-disant hippies qui auraient installé une ferme sauvage.

— Mon cul ! À part les kangourous et les dindes sauvages, qu'est-ce que des mecs auraient pu glaner dans le coin ?

— Tiens ! La vieille mine d'or abandonnée de Yellow-point, on y fait un saut ?

— Pourquoi foutre ? Tu crois que des gus y jouent

les troglodytes ?

— Non, mais on pourrait bien y coincer une bulle !

— Quelle heure est-il ? Oui, tu as raison, encore trois heures avant de rentrer. Si on passe par Grandvalle, on arrivera trop tôt au "Headquarter".

La Falcon cahotait dans le bush après avoir quitté le chemin de terre.

— Dis donc, faudra demander à Mac qu'il nous attribue le pick-up Toyota. On va finir par casser de la tôle autrement.

Gary qui conduisait arrêta la Ford au pied des anciens rails. À mi-hauteur, un trou noir s'enfonçait dans un petit monticule qui ressemblait plus à un gros tas de sable qu'à une petite colline. Ils descendirent de voiture. Sean récupéra le " Cairn post " sur le siège arrière.

— Je vais préparer mon tiercé pour demain, dit-il.

Ils marchèrent jusqu'à l'entrée du tunnel et s'assirent à l'ombre. Dans le coin, il faisait cinquante degrés à l'ombre, mais le plus dur c'était justement de trouver l'ombre.

— Sean, tu crois que des types cultiveraient en sous-sol ? Il paraît qu'il y en a qui rachètent les vieilles mines abandonnées et font de la culture à la lampe.

Sean ne répondit pas, il essayait de découvrir les bourrins qu'il irait miser le lendemain au "TAB". Il devait y avoir près d'un quart d'heure qu'ils étaient là, Sean plongé dans son journal à la page turfiste, Gary somnolant, lorsque ce dernier surprit machinalement un éclat de lumière sur le coteau opposé, comme si quelqu'un avait fait bouger un miroir au soleil. Bien que débonnaire Gary n'en fût pas moins flic, il s'adressa à Sean.

— Sean, il y a quelqu'un sur le coteau en face !

Sean lâcha prestement son journal.

— Tu penses à de la visite ?

— Je ne sais pas ! Je ne pense pas que nous sommes repérés, nous sommes arrivés par la direction opposée, mais quelqu'un a pu entendre le moteur. J'ai vu un reflet de soleil. Sûrement pas un "abo". Qu'est-ce que quelqu'un foutrait sur ce coteau ? Je vais passer un appel au Centre, c'est l'heure de la liaison.

Gary se dirigea vers la voiture et saisit le micro par la vitre ouverte.

— Allô, P. 23 appelle le Centre. P. 23 appelle le Centre. P.

— Le Centre écoute. C'est toi, Gary ?

— C'est moi, Billy.

— Quoi de neuf ? Vous bullez ?

— Parle pour Sean, il prépare son tiercé à l'ombre.

— Et toi, tu as piqué un roupillon ?

— Non, je… Tiens encore un. Je regardais un truc qui brille au soleil comme un miroir. On dirait…

Le bruit du coup de feu résonna dans la radio, avant que la main de Gary ne lâche le micro. Il s'écroula tué net. Sean qui s'était replongé dans le journal sursauta au bruit de la détonation. Il plongea dans le tunnel qui s'enfonçait sous terre, sans réfléchir, d'instinct. Il entendait la voix de Billy qui résonnait dans le micro.

— Allô ? Gary. ! Allô ? Gary. ! Qu'est-ce que c'est que ce foutu bruit ? Allô ? Gary ! Allô ? Gary, tu m'entends ?

Pouvait gueuler Billy ! Gary ne répondrait pas de sitôt. Sean se sentit glacé malgré les cinquante degrés. En rampant, il amena son regard au bord du trou. Il scrutait le coteau d'en face. C'était le silence complet à part la voix de Billy. Quel con ce Billy ! Il ne pouvait pas la fermer ! Si un mec se pointe, pensa Sean, je ne l'entendrais pas venir avec la radio ! Au bout d'un moment la voix de Billy se tut enfin. Rien ne semblait bouger. Sean avait le colt en main, balle engagée dans le canon, le doigt sur la détente. Inutile d'aller voir Gary pour savoir qu'il était raide. Déjà des mouches sorties d'on ne sait où commençaient à bourdonner autour de lui. Sean sentait la peur transpirer sur son corps. Quelle histoire de dingue : tirer un flic comme au stand ! Fallait que le gars soit vraiment branque. Il sembla à Sean qu'un léger bruit s'était produit à gauche de la voiture. Il ramassa un caillou qu'il balança comme une grenade sur le gumtree à gauche de la Falcon.

    La pierre atteignit l'arbre et rebondit sur la voiture. Un bruit de tôle, un second, puis rien. Le silence à nouveau. Le con pensa-t-il, s'il pouvait seulement montrer son cul. Si je sors, je vais me faire tirer comme un wallaby. Si seulement Billy avait l'idée de faire venir un hélico ! De toute façon, je suis condamné à attendre, le dingue sait bien que les flics vont par deux et il n'a aucune raison de faire un carton sur Gary et de se débiner ensuite. Le bruit sembla renaître au même endroit. Si ça se trouve, ils sont deux, pensa Sean, il y en a un qui veut que je sorte mon nez pour l'ajuster pendant que l'autre fera un carton. La seule solution attendre dans la mine, le Headquarters enverra bien du monde à notre recherche. Si la nuit une silhouette se profile sur l'entrée du tunnel je me la farcis. Mon petit Sean va falloir faire comme au Vietnam : garder la planque et son self-control. Sean s'enfonça dans la mine qui descendait en pente douce. Il essaya de trouver un recoin pour se planquer, mais, très rapidement, il fit sombre et Sean regretta d'avoir cessé de fumer : ni lampe, ni briquet. C'est pas grave, se dit-il pour se consoler, de nuit pas un connard ne pourra pénétrer dans le puits sans se détacher sur fond de ciel. Le problème, ne pas fermer les paupières, ne serait-ce qu'une seconde, et espérer que personne ne balance de grenades.

Il y avait une demi-heure qu'il planquait quand il entendit le moteur. Le mec se tirait avec la voiture. Mais c'est un dingue ! pensa Sean, se balader dans une voiture de flics ! Maintenant, c'était le silence à nouveau. Quinze heures… dans quatre heures il ferait nuit. Et si le gars était seul, pensa Sean ? Je devrais peut-être me tirer ? Des nèfles, je reste. Si je sors, je peux être attendu et puis pour aller où à pied ? La première ferme doit être à quatre-vingts ou cent kilomètres.

Dix-sept heures. Toujours aucun bruit à l'extérieur. Le mec était seul, un dingue et il s'est tiré avec la voiture ! Sean commençait à s'ankyloser. Je vais aller jeter un coup d'œil et je reviens planquer, juste un petit coup d'œil. Il savait qu'il ne devrait pas, mais merde ! Rester bloqué comme un rat. Il rampa jusqu'au bord du puits et jeta un regard furtif : la voiture avait bien disparu. Tout avait l'air calme. Sean jeta un autre regard vers l'endroit où il avait entendu du bruit. Rien. À mon avis, le coup a dû venir d'en face, là où Gary a vu briller quelque chose, peut-être une lunette de visée qui a brillé au soleil. Il essayait de pénétrer du regard la colline opposée. Il ne voyait rien d'anormal. Il ne vit pas venir la balle. Le soleil avait tourné, cette fois, la lunette n'avait pas fait de reflet.

Chapitre 9

— Deux hommes disparus ! Deux hommes et une voiture ! Incroyable ! Mac Douglas tournait en rond.

— Billy, tu as entendu un coup de feu ? C'était la dixième fois qu'il posait la question. Et Billy lui fit pour la dixième fois la même réponse :

— Il m'a semblé, ça a coupé aussitôt, Gary a dû lâcher le micro.

— Qu'est-ce qu'il t'a dit exactement ?

— Mais Mac, je te l'ai déjà répété dix fois !

— Ça fera onze !

À l'intonation Billy savait qu'il valait mieux fermer sa gueule.

— Je veux que tu me redises mot pour mot votre conversation !

— Je lui ai demandé s'ils bullaient, il m'a répondu : Sean prépare son tiercé, alors j'ai dit : Et toi ? Tu as piqué un roupillon. Il m'a répondu : « Non je regardais un truc qui brille au soleil comme un miroir. Et puis, il y a eu comme un coup de feu. Et puis plus rien. J'ai appelé, mais personne n'a répondu. »

— Pourquoi Sean n'a-t-il pas repris le micro ? Ils étaient dans la bagnole ?

— Ben oui, tous les deux.

— Pourquoi Sean n'aurait-il pas été en train de pisser ?

— Gary m'a dit : Sean prépare son tiers à l'ombre. Donc, il était dans la voiture.

— Tu ne m'as pas dit ça plus tôt : à l'ombre !

— Je n'y ai pas pensé sur le moment, mais si ce

n'était pas dans la bagnole où aurait-il pu planquer à l'ombre ? Mac Douglas regardait la carte.

— Là ! Oui là, à la vieille mine de Yellow point. C'est le seul point d'ombre qu'ils aient pu trouver dans cette putain de zone. Tu es sûr, il a dit à l'ombre ?

— Oui, et qu'il avait vu un truc briller en face, comme un miroir.

— Le mec qui le visait avec une lunette. On va sur le terrain. Tu as lancé l'avis de recherche pour la Falcon ?

— C'est Fait.

— Bon, Gary était un cabochard, mais c'était un bon flic, il n'a certainement pas quitté le périmètre que je lui avais délimité et ce périmètre : c'est ça. Je veux qu'on fouille tout ce coin, cm2 par cm2 et qu'on retrouve Gary, Sean et la bagnole.

On ne retrouva aucun des trois, mais Mac avait raison, on releva des traces de pneus près de la mine et le Cairn post de la veille sur lequel Sean avait coché les chevaux du tiercé et que Mac récupéra comme pièce à conviction.

— Pas de pot, dit Billy, si Sean avait pu jouer, il raflait près de six cents dollars ! Il avait les trois premiers dans la quatrième…

Chapitre 10

— Ça va trop vite !

Josué et Laurent se demandaient s'ils arriveraient à suivre. La police avait mis le paquet. Les "Aussies" sont comme les autres, ils n'aiment pas perdre de flics. La disparition de deux des leurs et d'une voiture avait créé un sacré remue-ménage : hélicos, chiens, brigades, on avait passé au peigne fin toute une région autour de la mine de Yellow point. Tout ce que l'on avait pu en déduire c'est que le drame avait eu lieu.

— D'après toi, mec : vois-tu une raison valable pour liquider deux flics sans motif apparent ? Et pourquoi prendre ce risque sans raison ce qui ne peut qu'attirer l'attention sur ce secteur ?

— Peut-être pour accréditer l'idée d'un cinglé ?

— Et risquer de provoquer un rapprochement avec le meurtre de Didier ? Attirer l'attention sur un secteur déterminé ? Ça ne tient pas debout. J'ai revu Jo, il est furax. Il a réalisé que j'avais raison, que c'était un truc trop gros pour lui, mais il est emmerdé vis-à-vis de Mac Douglas. Celui-ci a des comptes à rendre. Il faut qu'il explique à ses supérieurs pourquoi il avait envoyé ses hommes patrouiller dans ce secteur. Et Jo ne peut lui fournir de raison valable. Et Mac ne peut dire qu'il a agi à la demande de Jo. Tu vois le dilemme pour lui. Et si Jo parle de ma visite, l'autre qui a oublié d'être con va faire le rapprochement entre la visite d'un Français et l'assassinat d'un autre Français quelque temps avant. J'espère que Jo va la boucler, j'espère, c'est tout ce que je peux faire. N'empêche que le Jo, il doit me maudire. En fait de tranquillité, c'est plutôt le ramdam dans le secteur. Encore heureux que trop préoccupé à rechercher les flics disparus, pas un d'entre eux ne soit tombé sur une de ses plantations.

— Ça ne fait rien, tu ne m'enlèveras pas de l'idée qu'il y a quelque chose qui ne tourne pas rond. On aurait voulu attirer l'attention des flics sur ce secteur, on ne s'y serait pas pris autrement ! Tu crois qu'il pourrait y avoir deux bandes rivales ?

— Je ne crois rien. Je ne pige pas comme toi, je sens l'os, mais je n'arrive pas à trouver ce qui cloche.

Chapitre 11

Wollonga marchait de son même pas régulier. À l'exclusion d'un vieux short sans couleur, il était nu. Après la crique de Woloo-Woloo, il avait coupé à travers bush. Il s'était arrêté quelques instants au pied d'un gumtree et avait croqué quelques noix de macadamia, puis il avait repris son chemin à travers la savane. Cela faisait bien deux bonnes heures maintenant qu'il marchait, mais pour un aborigène comme lui, c'était une vraie promenade. La notion de temps était très relative. Il regarda le soleil et sut exactement dans combien de temps : dans une heure, il arriverait à l'arbre sacré du « Ilpankwere », l'arbre du rêve du lézard à langue bleue. C'est là qu'il avait rendez-vous.

Il ne s'était pas trompé, ni dans ses estimations, ni dans son sens de l'orientation : cinquante-cinq minutes plus tard, il atteignait l'arbre sacré. Le chef de tribu était là auprès de son wonga, une hutte d'écorce, plus exactement deux bouts d'écorce à cheval sur trois branches en trépied. L'ancêtre était accroupi assis sur ses talons, il retournait un mets noirâtre qui finissait de cuire sur la braise. Wollonga regarda le bâton et ce qui cuisait empalé sur celui-ci. C'était un chien. Le chef lui fit signe de s'asseoir. Ils se sourirent et partagèrent le repas pendant lequel le chef questionna Wollonga :

— Le jeune blanc a fait comme il a dit.

C'était plus une affirmation qu'une question : Il savait. Les blancs n'y croient pas, enfin pas tous, mais les aborigènes fonctionnent par transmission de pensées. Un jour Warida, l'oncle de Wollonga, s'était levé alors qu'ils étaient une dizaine autour du feu du Uloo, le camp aborigène, et il avait dit : Il faut que je parte, mon père va mourir et il veut me voir une dernière fois ! Et tout le monde avait trouvé normal qu'il parte à pied à travers brousse faire cinq cents kilomètres, comme avait trouvé normal la tribu de son père de le voir arriver la veille du décès.

— Oui, le jeune blanc a fait comme il a dit, répondit Wollonga.

La mort de deux flics, ce n'est pas ça qui allait gâcher un bon repas, surtout qu'un chien jeune et tendre comme celui-là, on n'en mangeait pas tous les jours.

Chapitre 12

"Bull shit" dit Mac Douglas. Enfin, deux flics et une voiture ne peuvent pas disparaître comme ça ! Et pourtant depuis huit jours : rien ! Des centaines de flics, l'armée, des hélicoptères. On avait patrouillé partout. Mais rien. Ce matin, les recherches étaient suspendues, officiellement s'entend. Mais chaque flic de chaque État, chaque responsable de réserve, chaque postier, chaque agent de compagnie ferroviaire, maritime, ou aérienne avait reçu les photos de Gary et de Sean devenus vedettes malgré eux. Chaque journal et chaîne de Télé les avaient largement diffusées. Des dizaines d'appels téléphoniques avaient été vérifiés, mais rien. Ils avaient disparu : volatilisés ! Personne ne se faisait plus la moindre illusion sur leurs sorts. Il arrivait parfois que l'on retrouve des cadavres des années plus tard, déterrés par quelque dingo. Des disparus, les journaux en avaient signalé quelques-uns. Maintenant, ils passaient aux profits et pertes.

Par deux fois Mac avait essayé de sonder Jo, pour savoir pourquoi il avait voulu qu'on enquête dans ce secteur, et par deux fois Jo s'était défilé. Mac voyait bien que quelque chose n'était pas clair. Mais il ne savait pas quoi et ça le rendait furax. Il décida d'attaquer Jo une nouvelle fois. Peut-être parce que Mary, la femme de Gary, le pressait de questions, et qu'il connaissait bien Mary, et que merde, il se sentait bien responsable de la disparition de ses hommes.

— Jo, je veux savoir ce que tu voulais que mes gars dégottent dans le coin !

— Mac tu ne crois pas que tu me les brises avec tes questions ?

— Et toi tu ne crois pas que j'ai le droit de savoir ? Merde, fermer les yeux sur tes plantations et perdre deux hommes, il y a une marge. De toute façon, tu n'es pas dans le coup. Je sais que tu n'es pas dans le coup. Sinon, tu aurais su exactement ce que tu cherchais. Et tu ne le savais pas. Je sais bien qu'il y a quelqu'un derrière ça. Alors si tu ne veux pas t'allonger sur qui, dis-moi au moins le quoi ! Mais si je ne connais pas le quoi, comment veux-tu que j'avance. Qu'est-ce qu'ils devaient trouver mes hommes ?

— Mac, je t'ai déjà dit que je ne savais pas. Qu'il y avait un truc pas clair et la preuve que c'était vrai, c'est la disparition de tes hommes. Toi et moi nous savons bien que ce n'est pas un cinglé !

— D'accord Jo. D'accord, je suis mouillé. Dawson est mouillé. Mais il y en a d'autres qui ne sont pas mouillés et qui risquent de se poser des questions. Merde Jo, il faut que tu m'aides. Ça va trop loin.

— Pour l'instant, tu écrases. Crime de dingue. Ça va s'étouffer.

— Je l'espère Jo, je l'espère, pour moi et pour toi. Oui pour toi aussi, Jo.

Chapitre 13

— Mac ?
— Oui ?
— Mac, c'est Michaël.
— Salut Michaël, comment ça va à Townsville ? Tu as des nouvelles de mes gars ?
— Non, non, mais j'ai repensé à quelque chose. Remarque ça n'a sûrement rien à voir, mais c'est à propos d'un meurtre qui s'est passé ici, il y a un mois.
— Ah ! L'affaire du froggy ?
— Oui, un truc dingue aussi, tu t'en souviens, cette affaire du froggy refroidi dans sa piaule ?
— Oui, j'ai écouté la télé et j'ai lu les rapports, alors ?
— Alors, peut-être rien, mais je me suis dit, c'est un meurtre aussi con. Pas d'assassin, pas de motif, un meurtre risqué avec un mec dans la pièce à côté. Le truc presque aussi con que tirer un flic. J'hésitais à te téléphoner, depuis hier j'y songe, alors j'en ai parlé à Julie, et tu connais Julie ! Tu dois trouver ça idiot mais…
— Michaël, bloody bastard ! Tu as peut-être raison. Peut-être qu'il n'y a aucun rapport, mais peut-être que si. Sûr que c'est bien une histoire aussi conne. J'arrive. Quelle heure est-il ? Dix heures. Bon, je prends le vol TAA de midi. Tu m'attends à l'aéroport ?

— Salut, Mac.
— Salut, Michaël, tu as pris ton lunch ?

— Non, je t'attendais, on va s'arrêter au Kentucky fried chicken.

— Alors, toi aussi tu te dis peut-être ?

— À défaut d'autre chose. C'est vrai qu'il n'y a pas souvent de crime dans le coin, et puis soudain ces deux histoires, sans raison apparente... Tu as apporté le dossier ?

— Tiens tout y est : comptes rendus, photos, interrogatoire.

— Alors ? Qu'est-ce que tu en penses ?

— Amène-moi chez ce type. Il est toujours là ?

— Oui, et petit fait nouveau, il y a un autre locataire qui partage son flat, un froggy. Tu ne trouves pas ça drôle ? Un froggy comme le type qui s'est fait descendre... Drôle de coïncidence, non ? Des Français, il n'y en a pourtant pas tellement dans le coin. Tu crois au hasard, toi ?

— Pourquoi ne m'as-tu pas dit ça au téléphone ?

— Figure-toi qu'il y a une heure à peine que je le sais. Lorsque j'ai envisagé de t'emmener là-bas, j'ai pensé : je ne vais pas faire faire une demi-heure de route à Mac à la "wet" pour se casser le nez. D'autant plus que la clim est en panne sur ma voiture de service. Alors j'ai téléphoné au gros Bill pour qu'il s'assure que le gars soit bien là. Et Bill m'a rappelé pendant ton heure de vol. Le type est bien là et pas seul : avec un autre froggy.

Chapitre 14

— Bonjour ! Je suis l'inspecteur Mac Douglas et voici l'inspecteur Michaël Wilson, vous êtes Jo Lewis ?
— Oui, c'est moi, Entrez.
— Et Monsieur ?
— André Verger.
— Il y a longtemps que vous habitez ici ?
— Non, une quinzaine environ.
— Touriste ? Français ?
— Oui, pourquoi ?
— D'habitude c'est moi qui pose les questions, dit Mac en souriant.

Il souriait, mais d'un sourire factice, d'une fausse candeur qui cachait son intérêt. Ce type a l'air trop bonasse, se disait Mac, trop sûr de lui.

— Je peux voir votre passeport ?
— Bien sûr !

Laurent lui tendit son passeport. Mac le prit, vérifia le visa touristique la date de délivrance à Paris, le cachet de l'immigration à l'arrivée, la photo.

— Vous êtes artiste peintre ?
— Oui, c'est ça.
— Et vous êtes venu ici en vacances, comme ça, pour chercher l'inspiration ?
— C'est un peu ça, pourquoi ça vous choque que l'on soit attiré par l'Australie ?
— Non, non pas du tout, non, si quelque chose me choquait, dit Mac à Laurent, si quelque chose me choquait Monsieur Verger, ce serait qu'un artiste embarque le jour même où il obtient son visa. D'habitude, on demande son

visa plusieurs jours à l'avance, en faisant ses réservations de vol...

— Oh ! Vous savez, nous les artistes... Nous avons nos coups de folie !

— C'est une chance d'avoir obtenu une place le jour même. Vous avez voyagé par la Qantas ?

— Oui, très bonne compagnie d'ailleurs.

— Et vous êtes venu directement à Townsville. Vous trouvez que c'est le plus beau coin d'Australie ?

— Non, je suis venu pour visiter le Queensland, et puis le hasard a voulu que je rencontre Josué au pub et que j'apprenne qu'un type avait été assassiné ici, alors ça m'a captivé, et puis on a sympathisé, des coins, des souvenirs communs d'Espagne que nous nous sommes découverts.

— Je croyais que seuls les " Pomes ", pardon, les Anglais, ne craignaient pas les maisons hantées.

— Mais elle n'est pas hantée, jusqu'à présent aucun esprit frappeur ne nous a empêchés de dormir.

— Vous saviez que l'homme qui habitait ici était Français ?

— Le trucidé ? Non, je l'ai appris au pub.

— Évidemment, vous ne le connaissiez pas ?

— Évidemment non, vous savez, la France est quatorze fois plus petite que l'Australie, mais elle est quatre fois plus peuplée.

— Je sais Monsieur Verger, je sais, je n'ai jamais quitté l'Australie, mais je lis quelques fois, je lis.

— Excusez-moi, je n'avais pas l'intention de vous vexer.

— Ne vous inquiétez pas vous ne m'avez pas vexé. Vous restez encore quelques jours ici ? Ou vous avez l'intention de vous déplacer ?

— Justement, je trouvais idiot de venir de si loin pour voir si peu, et j'ai programmé de partir après-demain. Après-demain Josué est en congé et il est d'accord pour me servir de guide. La serveuse du pub m'a conseillé de visiter le Tableland, l'arrière-pays, le bush, et la côte entre Cairns et Cap Tribulation.

— J'espère que vous aimerez l'arrière-pays, Monsieur Verger, c'est un endroit sauvage, mais dangereux quelquefois. Je vois que vous n'avez pas la télévision, mais vous n'êtes certainement pas sans avoir entendu parler que dernièrement deux policiers et leur voiture ont disparu dans l'outback.

— Sûr que nous sommes au courant, il y a huit jours que l'on ne parle que de ça au pub. Pourquoi vous les connaissiez ? Je croyais qu'ils étaient de Cairns ?

— Ils étaient de Cairns, Monsieur Verger, c'était deux hommes à moi. Ah ! Oui ! J'ai oublié de vous préciser ; mon collègue Michaël est de Townsville, lui, mais moi je suis de Cairns.

— Ah bon ! Attendez, je ne vois pas très bien. Vous visitez toutes les maisons depuis Cairns, même dans le secteur de vos collègues, pour rechercher vos hommes ?

— Bien sûr que non, Monsieur Verger, bien sûr que non. Mais mon ami Michaël m'a fait part d'une réflexion à lui, oh ! Peut-être pas une idée de génie, mais une petite idée comme ça, et qui m'a bien plu à moi aussi. Vous voyez à tous les deux ça nous a paru bizarre ce meurtre de deux flics sans raison, comme le meurtre qui a eu lieu dans cette maison, sans raison lui aussi.

— Mais sans fusil à lunette.

— Bien sûr, mais après tout, pourquoi pas le même fou ?

— Vous croyez qu'il s'agisse d'un fou ?
— Et vous, Monsieur Verger, qu'en pensez-vous ?
— Après tout c'est bien possible, enfin pour vos hommes sûrement. Qui aurait l'idée saugrenue de descendre deux policiers en plein bush. Mais pour mon prédécesseur, allez donc savoir, d'après Josué c'était un renfermé, mais vous connaissez la mauvaise réputation de dragueur qui nous est faite à nous, Français. Peut-être un mari jaloux ?
— Monsieur Verger, vous me décevez. Je croyais les artistes pleins d'imagination. Vous pensez vraiment qu'un mari jaloux assassinerait son rival chez lui, tandis qu'il y a quelqu'un dans la pièce à côté, alors que le rival vit les trois quarts du temps seul dans le bush, loin de tout et de tous ?
— Bien sûr, vous avez raison, peut-être aussi un cinglé.
— Et pourquoi pas le même cinglé ?
— Je ne vois pas le rapport.
— Moi non plus, et c'est ce qui m'ennuie, mais mes hommes patrouillaient dans le bush quand ils ont disparu, Monsieur Lacroix en revenait quand son destin lui est arrivé, et curieusement l'idée nous est venue à Michaël et à moi de faire des recoupements, et de comparer sur une carte avec les renseignements que nous possédions. Vous voyez le bizarre dans l'histoire c'est qu'ils auraient pu visiter le même paysage ! Bon, nous n'allons pas abuser. Messieurs, au plaisir !
— Au revoir, Inspecteurs.
— Au fait, Monsieur Verger, vous n'êtes pas encore allé à Cairns ? Le Reef Traders sur l'Esplanade, ça ne vous dit rien, bien sûr ?
— Ma foi non, c'est quoi, un restaurant ?
— Non un simple building, je disais ça comme ça.

Au revoir Messieurs. Mais si vous venez à Cairns, passez me dire bonjour, ça me fera plaisir, vraiment, je compte sur votre visite.

— Michaël tu as mis dans le mille, ce type est peintre comme moi je suis évêque ! Il a du métier. Il y a un coup fourré là-dessous. Je l'ai soupesé. Et il sait que je l'ai soupesé. Qu'est-ce que tu en penses ?
— Comme toi : pas clair !
— Non, pas clair. J'ai relevé les renseignements sur son passeport. Tu vas les passer à Canberra d'urgence qu'ils transfèrent sur l'ambassade à Paris par télex. Je veux savoir si ce type est réellement ce qu'il dit être. À mon avis, il faut aussi creuser sur le Français qui est mort. Tu ne m'enlèveras pas de l'idée qu'il y a un rapport entre la mort de cet homme et la disparition de mes hommes. Quoi ? Je n'en sais rien nom de Dieu ! Mais il y a un lien…

— Alors ? Qu'est-ce que tu en penses, Josué ?
— Alors ? Le flic futé ! Il a fait le rapprochement.
— Oui, ça risquait d'arriver, il a fallu qu'on tombe sur un futé ! Il ne sait pas quoi, mais il sait qu'il y a quelque chose.
— Ouais, et pour le Reef Traders, Tu crois qu'il connaît ta visite à Jo ? Tu crois que Jo t'a balancé ?
— Non. Mais il va essayer de savoir là-bas comme il a essayé ici. Son message était clair : D'accord, tu joues au con avec moi, d'accord tu me baises, mais il faut que tu saches que je le sais. La vache. Il va essayer de bluffer Jo à tous les coups.

— Et alors ?
— Alors : Rien ! On va faire comme on a dit.

Chapitre 15

— Bernard Moutiers ?
— Oui, Bonjour.
— André Verger. Je souhaiterais vous entretenir en privé, c'est possible ?
— Bien sûr, entrez. Ma femme Josiane est à l'Université, elle ne rentrera pas avant l'heure du lunch.
— Vous êtes détachés du BRGM pour la prospection minière, c'est bien ça ?
— Oui, deux ans ici, la France a besoin d'uranium, et je crois qu'elle a bien fait de miser sur l'Australie. Pourquoi vous vous intéressez aux mines ?
— Je ne vais pas vous raconter d'histoires. Nous sommes entre Français et chacun de nous travaille à sa façon pour son pays. Vous, c'est pour le BRGM, moi pour le Gouvernement en quelque sorte. Disons que je m'intéresse officieusement à la disparition d'un Français qui eut lieu ici, il y a un mois.
— Ah ! Oui… le meurtre de Didier Lacroix ! Toute la région est au courant, crime de cinglé.
— C'est votre avis ? Vous le connaissiez ?
— Non, jamais vu, j'ai rencontré un Espagnol un jour qui partageait son flat. C'était un opal-miner, je crois.
— Oui, une sorte de collègue à vous en quelque sorte.
— Si l'on veut, lui cherchait des opales, moi c'est de l'uranium.
— Vous avez trouvé des opales, vous ?
— Non, non bien sûr, d'ailleurs je n'en cherche pas, pourquoi ?

— Parce que Didier lui, a trouvé de l'uranium.
— Quoi ?
— Écoutez, j'ai téléphoné à Paris. Mon patron a contacté le vôtre, il paraît que je peux vous faire confiance. Alors voilà, je vais tout vous raconter.

Pendant tout le résumé de l'histoire Bernard se tortillait sur sa chaise.

— Bon sang ! Mais si une mine d'uranium existait dans le coin, ça se saurait !
— Vous avez prospecté partout ?
— Non, bien sûr. Et puis c'est vrai qu'il y a peu de temps, on vient de découvrir dans le sud un nouveau gisement qui serait l'un des plus grands du monde.
— L'Australie semble une mine de richesses ?
— Oui, un sous-sol riche et inexploité. L'uranium devient une sacrée source de convoitise. Et encore tout ne peut être exploité à cause des "Abos".
— Comment à cause des Abos ?
— Figurez-vous que les aborigènes ont des réserves qui leur appartiennent. L'un des plus grands gisements a été découvert chez eux mais ils en refusent l'exploitation et ils sont soutenus par les écologistes et les antiracistes. Bref, pour eux le sol est sacré, le sous-sol ça ne les intéresse pas. Le gouvernement a bien essayé de les dédommager, rien à faire. Ils refuseraient d'échanger un arbre sacré contre dix arbres du même volume en or massif. Il faut vous dire que les arbres sacrés, ce sont les pages de leur histoire. Chaque arbre a rapport à un rêve, Vous savez qu'ils se nomment " le peuple du rêve ". Il y a le rêve du lézard, le rêve du cochon… et chaque aborigène connaît ces légendes qui lui racontent l'histoire de son peuple. Il existe ce que l'on appelle "le chant des pistes", c'est-à-dire qu'un aborigène

peut voyager à travers l'Australie dans des lieux où il n'est encore jamais allé grâce à des chants qu'il a appris par cœur et qui, se référant de lieu sacré en lieu sacré, lui indiquent le trajet. Détruire un arbre sacré à ce peuple sans écriture, ce serait comme vouloir détruire des pages de la Bible pour des juifs. D'une certaine façon je les approuve, ils ne sont pas pourris par l'argent, mais d'un autre côté, refuser la richesse pour rester dans l'âge de Pierre ! Vous vous rendez compte qu'il suffirait qu'ils acceptent l'exploitation de leur sous-sol pour qu'ils touchent tous à vie des rentes faramineuses qui leur permettraient de passer leur vie entière à ne rien faire.

— Et au lieu de ça ?

— Au lieu de ça ? Ils ne font rien. Donc aucun changement pour eux, c'est pour ça que ça ne fonctionne pas. Leur vie c'est pêcher, chasser, rêver. Quelle différence avec ou sans argent ? Et qui plus est pour des gens vivants nus.

— Et pensez-vous que quelqu'un pourrait exploiter une mine sur leur terre avec la complicité éventuelle de quelques-uns uns d'entre eux ?

— Rien à faire, ils ont l'esprit de tribu, jamais ça ne marcherait. Et puis vous pensez à exploiter une mine, mais comment ? En secret ?

— Oui, je ne sais pas.

— Non, vous ne savez pas. Une mine il faut creuser, extraire, traiter, expédier, bref, ça ferait un tel chantier que ça ne pourrait rester longtemps secret, même en plein bush. Et puis il faut du matériel, des hommes, du ravitaillement : impossible !

— D'après vous où Didier aurait-il pu mettre les pieds ? Ou plutôt les chaussures si vous préférez.

— Je ne sais pas, sûrement en effet, y a-t-il un coin

riche en minerai dans le coin, mais je peux vous garantir qu'il n'est pas en exploitation. Il n'y a aucune façon d'exploiter une mine en secret.

— Bon, vous êtes un spécialiste, c'est la raison pour laquelle je voulais votre avis. Et sous prétexte d'exploiter autre chose, charbon, ou or, ou je ne sais quoi ?

— Faites-moi voir exactement sur la carte, dans quelle région ça se situerait.

— Par ici, dans ce losange.

— À moins que, oui à moins que : le barrage !

— Quel barrage ?

— Il y a un projet, un barrage, qui ferait réserve d'eau et alimenterait une centrale hydroélectrique. Les aborigènes soutenus par les écolos se battent contre ça. À moins que sous prétexte de modifier le paysage, une société creuse, nivelle et, en fait, se charge d'évacuer discrètement le minerai. Non, c'est impossible, ça se découvrirait vite, ça demanderait trop de complicités.

— Qui travaillerait pour ce barrage ?

— Jusqu'à présent c'est une société chinoise qui s'accroche et qui cherche à tout prix à obtenir l'adjudication, mais le gouvernement fédéral, à l'inverse de celui du Queensland, s'y oppose. Il n'accepte pas d'aller contre le refus des aborigènes, dont une partie des terres serait noyée, juste une petite pointe ici, mais où ils ont sûrement quelque arbre sacré qui contient les rêves de leurs ancêtres.

— Autrement dit : des chinois ont intérêt à exploiter ce coin et des aborigènes à ce qu'ils ne l'exploitent pas.

— En résumé, c'est ça.

— Hé bien ! Je crois que nous avons avancé.

— Ça me paraît idiot, mais je le crois aussi.

Chapitre 16

Le take-away chinois répandait une bonne odeur de cuisine autour de lui. Il en était ainsi depuis toujours. Enfin, depuis une vingtaine d'années que le vieux Chang avait ouvert boutique. Dans l'arrière-cuisine deux femmes s'activaient, en silence. Chang était sorti, sans rien dire comme à son habitude. Le vieux chinois marchait de son petit pas saccadé et régulier, il tourna dans Hodgkinson Street et pénétra au n° 73 dans l'Anglican Church of Australia. Bien que les portes restaient grandes ouvertes, le temple était toujours désert à cette heure-là. Il entrevit Liou qui attendait et vint s'asseoir à ses côtés. Chang était australien, les Chinois avaient été les premiers colons à venir en Australie et certains d'entre eux y comptaient plusieurs générations d'ancêtres. Liou n'était que de passage, mais cela tout le monde l'ignorait, puisqu'il était entré illégalement et vivait sous une identité d'emprunt.

— Chang a-t-il les renseignements que je lui ai demandés ?

Liou appartenait à la nouvelle génération de Chinois, discrets et efficaces, héritiers de la révolution et qui ne s'encombraient pas des traditionnels préambules d'usage. Chang n'arrivait pas à s'y faire. Bien qu'Australien, il avait conservé un fond de culture chinoise où les traditions ont encore une signification.

— Je ne sais rien de nouveau. Mon cousin Li dit que tous ses collègues policiers pensent qu'il s'agit d'un crime de déséquilibré. La police a enterré l'affaire, elle n'espère plus maintenant que sur le hasard pour découvrir du nouveau.

— A-t-il pu avoir accès à l'enquête ?

— Liou devrait savoir que c'est impossible. L'enquête est menée par les services de l'inspecteur Mac Douglas, Li est à la brigade moto, il n'a...

Liou lui coupa la parole. Bien que choqué, Chang n'en laissât rien paraître.

— Chang devrait savoir que le fils du fils de son père n'aimerait pas travailler dans un camp de rééducation, être la honte de son village, être considéré comme un paria parce que son oncle est un couard. On peut toujours avoir accès à un dossier. Je me suis laissé dire que Li devait épouser une police woman du Headquarters ?

Chang ne comprenait pas comment Liou était si bien renseigné.

— Il est vrai que Li doit épouser celle que tu dis, mais comment pourrait-il lui demander une chose qui ne le regarde pas ?

— Ce n'est pas mon problème Chang ! Je veux te retrouver ici dans cinq jours et je veux une photocopie du dossier complet.

— Li essayera, dit Chang.

— Non Chang, Li n'essaiera pas, Li réussira.

Sans laisser Chang répondre, Liou s'était levé et avait quitté le temple. Chang restait assis, une vague de lassitude le clouait sur son banc.

Chapitre 17

— Bonjour, Inspecteur !

— Tiens, bonjour Monsieur Verger, c'est gentil d'avoir répondu à mon invitation. Alors de passage à Cairns ?

— Oui, de passage, je me suis souvenu de votre offre, je ne vous dérange pas, j'espère ?

— Absolument pas, j'espérais votre visite.

— Ah bon !

— Oui, figurez-vous, vous vous souvenez que je vous ai parlé du Reef Traders ?

— Non.

— Mais si, vous m'avez demandé si c'était un restaurant.

— Ah ! Oui peut-être...

— Figurez-vous que je suis allé voir un ami qui habite dans cet immeuble, un gentil gars, mais pas causeur, et par manque de chance cet ami n'était pas là. Mais sa secrétaire, Ula, si, une très gentille fille, pas futée, mais gentille. Ula donc, m'a justement dit comme ça, remarquez, c'est peut-être moi qui l'ai un peu questionnée... Oui, elle m'a dit que mon ami a eu la visite d'un Français, il y a quelques jours. Elle ne se souvient pas de son nom, mais elle se souvient que c'était un joli garçon. C'est bizarre cette vague de Français en Australie en ce moment, vous ne trouvez pas ?

— Oh ! Vous savez nous sommes quand même plus de soixante millions.

— Bien sûr, bien sûr. Au fait, vous êtes allé dans le bush ?

— Non, pas encore. Nous avons acheté un car camping dans cette intention, un tout-terrain d'occasion, comme ça, cela nous laissera la liberté d'aller partout. Josué est actuellement en train de le faire réviser chez le concessionnaire de Cairns. Au fait, il paraît que c'est quand même moins risqué que la mer, il vaut mieux éviter de se baigner en cette saison avec vos méduses mortelles.

— Eh oui ! La mer peut être aussi dangereuse que le bush. Tiens, à ce propos, il y a un bateau non identifié qui s'est échoué sur les récifs de la grande barrière, il y a trois jours.

— Des boat people ?

— Non, sur cette côte ce n'est pas leur route et puis nous les accueillons ouvertement. Savez-vous que l'Australie est le pays qui a accordé le plus grand quota d'immigration aux réfugiés vietnamiens ?

— Vous êtes un peuple très accueillant, inspecteur.

— Merci. Tenez, venez, je vais vous faire visiter le service. Si vous avez le temps. Vous n'êtes pas pressé n'est-ce pas ?

— J'ai tout mon temps.

— Voici mon secrétariat : l'Officier Karen Ferry mon assistante, Jack et Willy mes adjoints, Billy le responsable radio.

Laurent admirait Karen, une grande fille mince, peau de pain d'épices, yeux clairs, quelque chose de mutin dans le sourire, seins libres et fiers sous un chemisier blanc mi-transparent.

— Karen, méfie-toi, chérie, Monsieur Verger est un froggy, tu connais la réputation des Français ! S'il t'invite, sois sur tes gardes ! Vous êtes à Cairns ce soir, André ? C'est André votre prénom, n'est-ce pas ? Oui, Appelez-moi Mac, ici en Australie tout le monde s'appelle par son prénom c'est la coutume. Tenez André, nous terminons à cinq heures, dans une demi-heure, après le boulot je vous invite au pub avec Karen et Billy, ces deux gros tas sont de service encore une heure. Si vous n'avez rien d'urgent, attendez-nous ici. Je vais vous montrer une carte de la région, je vais vous indiquer où vous pouvez aller et où il n'y a rien à voir. Mais peut-être que le « rien à voir », ça vous intéresse ?

— Je ne comprends pas ?

— Je voulais dire, le bush sauvage, loin de tout, peut-être que cela vous intéresse, même s'il n'y a que du soleil et des épineux. J'espère que vous n'allez pas disparaître comme mes gars.

— Toujours sans nouvelles ?

— Toujours. Tenez, voici la carte de la région. Ici, c'est Yellow point, la vieille mine, la télé l'a montrée sous toutes ses coutures, c'est d'en face que mes gars se sont fait tirer, tout au moins Gary. Ça, c'est le désert, enfin désert humain, des arbustes, du soleil, de la terre ocre et sèche sans valeur. Cette pointe ici, c'est le bout de la réserve des Wallongongs, ici la crique de tipitipi, un cours d'eau la plupart du temps à sec, sauf en cette saison évidemment. Là : toute cette zone est appelée à disparaître sous les eaux si l'on construit le barrage. Vous avez entendu parler du projet du grand barrage ? Oui c'est un projet qui dure… Une grande idée de certains sénateurs, mais la majorité s'y oppose. Que voulez-vous, nous adorons la nature, il y a un écologiste qui sommeille dans le cœur de chaque Australien. Ici la ferme des Coogan, 1 600 hectares, là, celle des Mac Donald, 3 500 hectares, là celle des Bassett, 6 000 hectares, qui se continue par une zone du gouvernement, une partie non cultivée qui va jusqu'à la Barron river auprès de laquelle vivent des communautés de hippies. Vous avez des hippies en France, André ?

— Bien sûr, mais pas comme ici... La réserve est clôturée ?

— Clôturée ? Pour quoi faire ?

— Les aborigènes ont droit d'en sortir ?

— Bien entendu, par contre vous, vous n'avez pas le droit d'y pénétrer sans raison, moi non plus d'ailleurs, sauf en service.

— C'est vrai qu'ils vivent à l'âge du feu ?

— Oui, c'est vrai. Nus et libres, construisant leurs armes rudimentaires pour la chasse et la pêche, essayant de préserver leurs coutumes de nos évangélisations destructrices, de nos modes niveleuses ; quelques rares authentiques descendants du "Dreamtime", pas du tout comme ces ivrognes dégénérés et assistés que vous voyez en ville. Ici, nous avons hérité des déchets que nous avons créés. Mais ceux qui vivent dans les réserves sont encore des hommes dignes. Qu'ils y restent le plus longtemps possible.

— Pourquoi vous n'aimez pas les Abos ?

— Si justement, mais il y a assez de dégénérés en ville. La "civilisation" comme on dit, ne leur a apporté que l'alcoolisme, la paresse, l'assistanat et la mort de leur culture. Tout dernièrement se fait jour l'idée qu'il ne faut dire « Abo » mais « aborigène » que « Abo », a un côté raciste. Foutaise, moi je dis « Abo », justement par sympathie, par gentillesse, comme je dis « Aussie » pour « Australien » et ce sans que personne ne pense le moins du monde à me traiter de raciste. Ils furent interrompus par l'arrivée de Karen.

— Alors Mac, ce pot ?

— On y va Darling, Billy est prêt ?
— Il arrive.

Le pub était déjà plein. La bière coulait à flots. Billy essayait de gagner le jackpot à la machine usée sous l'œil goguenard de Karen.

— Cet idiot perd régulièrement dix dollars tous les jours, dit-elle.
— Vous ne jouez pas ?
— Non, dit Mac, elle économise pour son trousseau. Karen veut se marier.

Laurent eut l'impression que cette déclaration avait gêné la jeune fille

— Mais ne vous inquiétez pas, ajouta Mac ; son boy-friend est motard et il ne sera pas là avant demain, Karen est une véritable Australienne, elle acceptera avec plaisir votre invitation si vous voulez l'inviter au restaurant, n'est-ce pas doux cœur ?

Karen baissait la tête sur sa bière. Laurent saisit la balle au bond.

— C'est vrai, je peux vous inviter ?

Elle le regarda dans les yeux.

— Avec plaisir si vous y tenez.
— OK, on se retrouve où ?
— J'habite flat 1 au 21 C de Upward Street. Vous passez me prendre à sept heures ?
— J'y serai...

Chapitre 18

— Vous voyez, je suis à l'heure.

— Entrez ! J'ai eu mon fiancé au téléphone pendant vingt minutes ça m'a retardé, excusez-moi, le frigo est là, vous vous servez, je finis de me préparer.

Laurent se demandait si c'était un alibi ou si elle avait vraiment été retardée. Il se servit un jus d'orange enrichi à la vitamine C, comme il se doit, et s'assit face à la télévision. Il l'aperçut qui traversait le couloir vêtue d'un seul slip rose. Puis la douche coula. Karen lui cria :

— Vous pouvez allumer la télé si vous voulez !

— Non merci, je ne suis pas très télé.

La douche s'était tue. Karen chantonna quelques instants dans la salle de bains, puis traversa le couloir à nouveau. Putain les beaux seins ! se dit Laurent. Mais était-ce de la provocation ? Si la génération précédente avait été très puritaine, les jeunes par contre étaient très libérés, ce qui ne voulait pas dire pour autant que les filles couchaient facilement. Allez savoir dans ces conditions si se balader les seins nus c'était du naturel ou de la provocation. Laurent décida de considérer cela provisoirement comme du naturel.

— On y va ? Je suis prête.

— On y va !

Elle avait enfilé une robe fleurie, très colorée, très courte et très moulante en tissu transparent. Bref, à part les ramages, elle semblait aussi nue qu'au sortir de la douche. Ils arrivèrent au restaurant à sept heures et demie, c'était déjà l'affluence, on mange tôt en Australie. Le Phantom était l'un des restaurants des plus réputés, Karen ne dit rien et Laurent pensa qu'elle appréciait son choix.

— Tenez, vous choisissez ?

— Non, je vous laisse ce privilège, les Français sont réputés fins connaisseurs en cuisine. D'ailleurs, il suffit d'être Français pour trouver du travail comme chef dans ce pays.

Laurent en savait quelque chose. Il avait eu l'occasion de souper avec Josué à " l'affaire de cœur " un restaurant français de Townsville et avait été surpris que le chef ne soit pas viré sur-le-champ. Lorsqu'il apprit que ce dernier était français il alla le voir.

— Salut mec, tu es français ? D'où es-tu ?

— Paris, dit Laurent.

— Moi, je suis des Charentes, mais je dis Paris. Eux, la Province, ils ne connaissent pas.

— Tu étais chef en Charentes ?

— Penses-tu ! J'étais menuisier, mais ici : tu es français, donc tu es chef. Ce n'était pas trop dégueulasse ?

— Ça allait.

— Ouais, ou tu es bien bon, ou alors tu n'y connais rien, c'était infect mais j'ai besoin de gagner ma pitance.

Les propos de Karen lui avaient remémoré cet incident.

— Mud crabe pour commencer, ça vous va ?

— Très bien, dit-elle.

Ses yeux pétillaient. En fin psychologue Laurent savait qu'elle préférerait ces énormes et succulents crabes de vase frais de Cairns, aux homards congelés, fussent-ils de Tasmanie. Les Australiens sont d'un chauvinisme !

— Ensuite mouton grillé, ça va toujours ?

— Toujours !

— Et comme vin ?

— Vous choisissez.

— Rouge ou blanc ?

Laurent savait par Josué que les Australiens adoptent de plus en plus le vin, mais rouge ou blanc suivant les goûts personnels, et cela sans tenir aucun compte des mets qu'ils accompagnent.

— J'aime mieux le blanc, c'est plus frais.
— Champagne français ça irait ?
— Ça irait, dit-elle, mais de l'australien, c'est bien moins cher.
— Non, non, vous êtes mon invitée et pas question de partager la note. Ce soir c'est ma soirée, ce sont mes coutumes. En France, quand l'homme invite, il paye. Alors pas de fausse pudeur, la politesse vous oblige à accepter mes coutumes.

Le repas était délicieux, le champagne aussi. À dix heures quand le restaurant se préparait à fermer Karen était légèrement grise. Il faut dire qu'il avait commandé quatre bouteilles de Perrier Jouet et que, sans s'en apercevoir, Karen en avait bien bu trois, au moins. Habitude australienne de bien boire ou pas, les bulles commençaient à lui chauffer les oreilles.

— Vous venez prendre un pot en boîte ou je vous raccompagne ?
— J'aimerais autant rentrer, demain je travaille. Je vous offre le dernier verre à la maison.

Laurent regretta de lui avoir laissé prendre sa Toyota. J'aurais dû insister pour venir en taxi, pensa-t-il. Mais non, elle conduisait bien, comme un chef. Elle obéit gentiment lorsqu'il lui demanda de s'arrêter à un hotel-way où il acheta une bouteille de champagne. Elle rangea parfaitement la voiture sur son parking réservé devant son flat. Elle sortit de la voiture et lui lança les clefs de l'appartement :

— Tiens ouvre, veux-tu ? Et allume pendant que je ferme la voiture. Elle balança ses souliers dès le seuil franchi et virevolta dans la pièce.

— Ouch ! Quelle chaleur, j'ai les joues en feu. Tiens touche !

Elle prit la main de Laurent qu'elle posa sur sa joue ; C'est vrai qu'elle avait chaud.

— Karen le champagne n'est pas trop frais, tu peux le mettre quelques instants au fridge ?

— Bien sûr. Pendant qu'il refroidit, je prends une douche.

Cinq minutes plus tard elle revenait toujours vêtue d'un seul slip et d'un large tee-Shirt d'homme. Lorsqu'elle se baissa pour poser deux grands verres face à Laurent, il put admirer ses seins par l'échancrure béante.

— J'aurais bien aimé te faire danser.

— Facile, branche la radio !

Pas de pot, c'était un rock. Elle se mit à danser seule, pieds nus, bras levés, souple et sensuelle, une vraie liane. Encore un rock, ça n'en finissait pas. Elle ignorait Laurent et ne semblait danser que pour elle. Laurent était en nage. Il s'affala dans un fauteuil, Karen continuait de danser seule. Puis, elle alla au frigo, ouvrit la bouteille de champagne et remplit deux grands verres à whisky. Elle avala le sien d'un trait.

— Ouch ! C'est bon !

Laurent se sentait intimidé. Il n'osait pas la prendre dans ses bras, ça semblait trop facile, trop naturel.

— Tu es descendu où ?

— Je partage un camping-car avec Josué, un ami.

— Mais c'est idiot, tu ne vas pas réveiller ton copain en pleine nuit ! Tu veux rester coucher ici ? Attends, viens m'aider, on va apporter le matelas dans le séjour.

Ils allèrent dans sa chambre, chacun d'un bord du lit, elle se penchait pour soulever le matelas mousse. Laurent avait les yeux rivés malgré lui sur ses seins. Avait-elle trop bu ? Ce n'est pas le matelas qui se souleva, mais elle qui s'affala sur le lit. Il la récupéra dans ses bras au passage. Leurs bouches se joignirent. Sa bouche était chaude et sa langue douce comme une mangue. Il avait glissé son bras sous son tee-shirt et lui caressait les seins. Elle enleva son gilet d'un trait. Cette fois, elle avait un slip blanc. Il lui mordilla avec douceur la pointe des seins qui durcissaient sous ses dents et descendit baiser sa fourrure intime. Il se fit la réflexion que c'était une vraie rousse. Elle gémit lorsque sa langue pénétra sa source chaude. Non, Non, Non... mais elle tenait la tête de Laurent plaquée sur son sexe, comme de peur qu'il lui obéisse. Elle caressait ses seins, puis les cheveux de Laurent, puis ses seins à nouveau. Elle jouit d'un coup et se cabra comme un arc. Laurent la prit dans ses bras. Elle se pelotonnait sur sa poitrine.

— C'est la première fois qu'on me fait ça, tu sais ? C'est vrai que vous les Français vous faites bien l'amour !

Ses yeux brillaient. Elle se mit à le déshabiller :

— Attends, maintenant on va faire l'amour à l'australienne.

Elle se mit à califourchon sur Laurent et prit avec douceur son sexe dressé comme une hampe. Elle l'enfouit en elle pendant qu'il restait là, allongé sur le dos. Elle se mit à remuer doucement, empalée sur son sexe, verticale sur son ventre puis elle rejeta sa tête en arrière se masturbant d'une main légère, caressant de l'autre le bas-ventre de Laurent, tandis que ce dernier partageait ses seins à ses propres caresses. Ils firent l'amour trois heures durant.

— Pour quelqu'un qui ne voulait pas aller danser pour être en forme au boulot ! pensa Laurent.

Chapitre 19

— André, tu veux des saucisses ou du bacon avec tes œufs ?

— Non, merci : continental breakfast, juste thé et toasts, s'il te plaît.

Laurent aimait le café, mais le bon, c'est la raison pour laquelle il ne buvait que du thé depuis son arrivée en Australie.

— Mais dis-moi, il y a longtemps que tu es levée ?

— Dix minutes à peine. J'ai téléphoné à Mac, j'avais des heures à récupérer, alors j'ai demandé qu'on me porte en congé pour la journée.

— Youpi ! Bon alors, viens te recoucher et ne te promène pas toute nue si tu ne veux pas te faire violer.

— Attends mes œufs vont brûler, André laisse-moi, André : les œufs ! Qu'est-ce que tu fais aujourd'hui ? Tu es libre ?

— Oui, mais il faut que j'aille prévenir Josué.

— Tout à l'heure, tu n'auras qu'à prendre ma voiture.

Sitôt le breakfast avalé, Laurent entraîna Karen vers le lit.

— Non attends, on va prendre une douche. Viens, tu me savonneras le dos.

En fait, ils firent l'amour sous la douche debout contre les carreaux de faïence blanche.

— Tiens, essuie-toi, quand tu auras fini tu mettras la serviette au linge sale, avec la saison humide ça sent tout de suite le moisi. Je ferai une machine ce soir... Dis-moi André, qu'est-ce que tu cherches au juste dans le coin ?

— Qu'est-ce que je cherche ?

— Oui, sûrement pas mes deux collègues disparus ? Mac m'a dit qu'il aimerait bien savoir ce que tu cherches dans le coin. Il pense quant à lui qu'il y a un quelconque rapport avec les disparitions de Sean et Gary.

— Et pourquoi tu me dis ça ?

— Parce que c'est peut-être vrai. Parce que Mac a peut-être raison, il doit y avoir une relation entre l'assassinat du Français de Townsville, la disparition des copains et ta venue dans le coin.

— Ah bon ! Mac pense ça ?

— Oui, Mac pense ça et moi aussi. Surtout depuis hier, surtout maintenant.

— À cause des crabes ou du champagne ?

— À cause du télex que j'ai reçu hier de Canberra : André Verger, en France : connais pas, enfin si, il y a bien un André Verger artiste peintre, un gars de Cognac qui expose actuellement au salon de la Marine et qui pourrait être ton père. Et puis, physiquement, tu n'es pas taillé comme un artiste, tu fais l'amour comme si chaque minute de ta vie devait être la dernière.

— Ah bon ? Et d'après toi, je serais quoi ?

— D'après moi, peut-être une sorte de collègue qui enquêterait sur la mort de l'autre Français, mais discrètement, très discrètement. Par contre, Mac hésite. Pour lui, tu es un flic ou un truand, mais un gros dans les deux cas. Un gros flic ou un ponte de la mafia.

— Rien que ça, de la mafia ?

— Oui, à cause de Jo. Il sait par Ula que tu as été voir Jo.

— Et toi, pourquoi tu me racontes tout ça ?

— Moi ? Parce que je pense que tu es un bon mec et que nos intérêts doivent être les mêmes. Que si en cherchant l'assassin du froggy tu trouvais celui de mes copains, ça me ferait bien plaisir ; parce que si Paris a envoyé un flic enquêter sur un prospecteur, c'est que le prospecteur c'était aussi quelque chose d'autre qu'un prospecteur.

— Et c'est parce que tu m'as pris pour un collègue que tu as accepté de faire l'amour avec moi ?

— Non, c'était parce que j'en avais envie.

— Pas sur ordre de Mac en service commandé ?

— Salaud ! Je ne fais ~~jamais~~ l'amour que quand je veux et avec qui je veux !

— Excuse-moi...

Laurent essayait de cogiter sec. Alors Mac connaissait sa visite à Jo. Il l'avait bien laissé entendre hier d'ailleurs. Jo n'avait rien dit et Mac se demandait si Laurent n'était pas venu lui donner des ordres, ça se tenait. Mais Karen, Pourquoi se livrait-elle ouvertement à lui ?

— Karen ?

— Darling ?

— Pourquoi m'as-tu raconté tout ça ?

— Par curiosité bien sûr, par curiosité parce que je suis une femme, et que je suis flic. Alors tu avoues ?

— J'avoue quoi ?

— Comme tu voudras.

— Dis-moi, c'est vrai que tu vas te marier ?

Laurent la sentit se cabrer imperceptiblement, mais cette fille avait du cran. Elle lui adressa un sourire ingénu :

— Oui, c'est vrai, Li est motard, ça fait deux ans que nous nous connaissons, nous devons nous marier l'hiver prochain, début juillet. Pourquoi tu es jaloux ?

— Tu ne crois pas que je serais mal placé pour être jaloux ?

— Si justement, c'est pourquoi je ne comprends pas

ta question.

— Simple curiosité d'homme envers une femme adorable.

Elle le regarda quelques instants comme pour essayer de lire en lui, puis y renonça, et indécise, lui adressa un grand sourire au bénéfice du doute.

— Allez viens, on va retrouver ton copain…

Chapitre 20

Josué était assis sur le plancher du camping-car, la porte latérale coulissante grande ouverte, les pieds dans le vide. Simon et Garfunkel égrenaient leur show de Central Park, dans le radiocassettes.

— Salut Josué, voici Karen l'adjointe de l'inspecteur Mac Douglas, Karen voici Josué.

— Très heureux, surtout pour toi.

— Encore un jaloux ?

— Non non, un connaisseur seulement.

— Bon, venez je vous emmène à la piscine et après on prendra le lunch à la maison, à moins que vous ne préfériez aller à Kuranda.

— Kuranda, c'est quoi ?

— Le village hippy sur le plateau.

— Va pour la piscine, encore que je n'aime guère la promiscuité.

— Attendez, j'ai une meilleure idée. On peut aller se baigner aux gorges de Mosman.

— C'est où ?

— Après Port Douglas, à la bordure de la réserve abo.

L'eau était claire et fraîche, pas froide : fraîche. Karen s'était mise nue sans aucun complexe. À son corps parfaitement et uniformément hâlé, on voyait bien qu'elle en avait l'habitude. Les deux hommes en firent autant.

— Normalement, ici c'est réservé aux abos, je vous ai fait prendre un petit sentier secret, pour les blancs c'est plus loin.

— Tu viens souvent ici ?

— Quelquefois, avec Pip une copine de Port Douglas. Elle viendra d'ailleurs sûrement sur le coup de midi.

Karen s'était étendue sur un long rocher plat pour se faire bronzer. Une dizaine d'aborigènes piailleurs vinrent se tremper quelques instants depuis la rive opposée et repartirent en riant. Les hommes avaient tous un short, les femmes se baignaient avec leur robe tee-shirt ou de tissu imprimé.

— Amusant ! dit Josué, le monde renversé : les aborigènes sont habillés et les blancs sont nus.

— Ceux-ci ont été "civilisés" par les missionnaires, dit Karen, ils vivent dans la petite réserve rurale aux portes de Mosman dans des maisons en dur. Ceux des grandes réserves, eux, vivent nus et libres.

Elle ne dormait pas, le corps détendu, les yeux fermés, elle n'en perdait pas une miette.

— Karen, viens te baigner !

Laurent l'arrosait. Elle plongea et ils se rejoignirent dans l'eau, nagèrent derrière le gros rocher qui partage la rivière après les chutes. Josué ne les vit plus mais il les imaginait faisant l'amour dans l'eau. Le veinard, pensa-t-il, se payer un colis pareil, alors que moi… Il fut interrompu dans ses pensées par des rires joyeux. Une fille sautait sur les rochers, se débarrassait de sa robe d'un geste, ôtait un slip et plongeait nue imitée par deux autres qui la suivaient de près.

— Pip !
— Oh ! Bonjour Karen, tu étais là ?
— Salut Karen !

— Bonjour Lou, Bonjour Sue, voici Laurent et Josué.

— Hello !

— Salut !

Dix minutes plus tard tout le monde était assis au bord de l'eau, les pieds dans le courant. La plus grande, une brune apporta une icebox qu'elle avait dû laisser derrière les rochers en arrivant et distribua des sandwichs. Merde pensa Josué, de mon temps si les minettes avaient été aussi délurées !

— Josué, tu veux un autre sandwich ?

— Non, merci.

— Qu'est-ce que vous faites, vous travaillez avec Karen ?

— Non, nous sommes en vacances avec un van, on va visiter le Tableland, répondit Josué.

— Hé ! Les hommes, vous ne voudriez pas nous emmener ?

Josué regarda Laurent, bien sûr, c'était courant et tentant car en plus les filles étaient bougrement mignonnes. Laurent voyant l'hésitation de Josué prit la parole, surveillant Karen du coin de l'œil.

— Nous, on veut bien mais on part pour plusieurs jours.

— Pas de problème. Nous travaillons avec Pip au restaurant, mais depuis trois jours le boulot est fini, nous sommes disponibles pour des vacances.

— Pas d'appréhension de partir dans le bush avec deux vieux garçons ?

Elles pouffèrent de rire, Karen aussi, c'est elle qui prit la parole :

— Il faut vous dire qu'André est Français, il ne

connaît pas nos coutumes.

Elles rirent de nouveau.

— Tu sais André, dit Sue, quand deux filles proposent de partir avec deux gars, le plumard fait partie du contrat, sinon on précise à l'avance.

— Ah ! On précise !

— Oui, mais nous n'avons pas précisé, dit Sue.

Pourquoi pas, se dit Laurent, outre le fait que Sue et Lou étaient appétissantes, ce serait peut-être la meilleure excuse pour aller dans le bush sans trop éveiller de regards curieux.

— OK, les filles, vous pouvez partir quand ?

— Maintenant, si tu veux.

— Hé ! Attendez ! Nous devons repartir à Cairns cet après-midi. Demain matin, cela vous irait ?

— Très bien ! Vous nous prenez à Port Douglas ? À huit heures ?

— Où ?

— Rendez-vous devant chez Robert à la pâtisserie. Vous demanderez la shop de l'Autrichien.

Chapitre 21

— Josué, tu veux d'autre thé ?
— Non, merci.

Ils étaient dans le bush depuis trois jours. Pas de problème, pas de complexes, les filles avaient choisi leur partenaire d'autorité, la première nuit. Sue s'était attitrée Laurent et Lou, Josué. Cela s'était fait sans gêne ni discussion, sans doute les filles s'étaient-elles mises d'accord entre elles dès la veille du départ. Ce matin, le van était arrêté près de la crique de tipitipi. Sue avait expliqué aux deux hommes que Tipi était un nom abo. Et c'était simple en langage abo, pour faire un pluriel on doublait le mot. Le cours d'eau était calme, l'eau fraîche et claire. Ils étaient nus tous les quatre.

Après que Josué ait allumé le feu et mis de l'eau à bouillir dans le billy, une simple boîte de conserve avec une anse en fil de fer, Sue avait fait le thé. Facile : il suffisait de jeter une poignée de thé dans le billy et d'attendre qu'il infuse. Déjà huit heures, depuis un moment il faisait chaud. Lou prit un bout de savon et entreprit de se laver dans le cours d'eau. Sue, assise en tailleur, tira un harmonica de son sac et se mit à jouer des vieux airs de country song. Par conscience ou juste pour s'occuper, Laurent fit le tour du van, vérifia le niveau d'huile et revint s'asseoir près de Sue, appuyée à la roue avant.

Lou se tenait droite au soleil, les bras en croix, les yeux fermés : soi-disant pour se faire sécher. Idiot, pensa Laurent, si la chaleur du soleil la sèche, elle va la faire transpirer, résultat elle sera toujours mouillée. Soudain un léger bruit sur la berge leur fit tourner la tête. Un aborigène, pieds nus, vêtu d'un vieux short incolore, s'avançait vers eux.

— Bonjour, dit Wollonga en aborigène.
— Bonjour ! lui répondit Sue dans sa langue.

L'homme sembla surpris.

— Tu parles le langage du peuple du rêve ?
— Je parle, fit Sue, la mère de ma mère vénère les âmes de l'arbre sacré.

Un sourire joyeux illumina la face de Wollonga :

— Sois la bienvenue sœur sur la terre de nos ancêtres et tes amis avec toi.

— Que dit-il ? demanda Laurent. Tu parles sa langue ?

— Oui, ma grand-mère était aborigène, tu n'avais pas remarqué ?

Non, il n'avait pas remarqué. Bien sûr, elle avait la peau dorée, mais pas plus que de nombreuses autres Australiennes, pas plus que Lou. Aucun signe ne trahissait ses origines, pas de nez grossier ou de lèvres lippues qui puissent rappeler une ascendance aborigène.

— Oui, je parle sa langue, car ma mère a été enseignante dans la réserve du nord avant de travailler au Ministère des affaires ethniques et de passer sa thèse en ethnologie.

— Et que dit-il ?
— Il nous souhaite la bienvenue sur sa terre.
— Mais je croyais que la réserve commençait plus loin et qu'il était défendu d'y pénétrer ?

— Non, nous sommes en bordure de réserve, mais sur leur terre. N'aie crainte, cela n'a aucune importance, nous sommes invités et d'ailleurs moi-même j'aurais eu droit de le faire.

— Merci pour l'invitation, dit Laurent.

Wollonga s'assit sur ses talons et Sue lui versa du thé. Il souriait tout le temps, sans parler, regardant chacun, l'un après l'autre.

— Je croyais qu'ils étaient nus, dit Laurent.

— Oui, c'est vrai, dit Sue, pourquoi porte-t-il un short ?

Elle lui posa la question. Wollonga répondit qu'il avait déguisé son corps car il allait sur la terre des blancs.

— Où vas-tu ? demanda Sue.

Wollonga baissa la tête et ne répondit pas. Sue répéta sa question. Wollonga tenait la tête baissée et la balançait d'un bord sur l'autre.

— C'est curieux, dit Sue, il ne veut pas répondre. Je ne comprends pas. Il serait impoli d'insister car il serait alors obligé de répondre.

— Insiste, dit Laurent.

Sue regarda Laurent, puis Josué, puis Lou, puis Laurent à nouveau

— Insiste ! dit à nouveau Laurent.

C'est Sue qui était gênée maintenant, mais elle redemanda pour la troisième fois à Wollonga où il allait Wollonga releva la tête et fixa Sue, il avait l'air marri. Après deux ou trois minutes de silence, il se mit à parler d'un tempo volubile. Sue le laissa s'exprimer, puis elle regarda Laurent.

— Habillons-nous ! Vite ! Nous partons d'ici !
— Pourquoi, demanda Laurent ?
— Parce que !

Elle n'avait pas l'air de vouloir en dire davantage.

— Pourquoi Sue ?
— Parce qu'il attend du monde ici. Il croyait que

c'était eux quand il a senti le feu. Ils ne vont pas tarder. Il semblerait que ce soit des blancs qui veulent les aider à chasser les méchants jaunes. Des blancs qui auraient assassiné deux flics.

— On reste ! dit Laurent.

— Tu es fou ! Tu n'as pas compris ? Des blancs qui ont tué les deux flics de Cairns, et toi tu veux rester à les attendre ? Tu es cinglé ou quoi ? Moi je file !

— Moi aussi, dit Lou.

— De toute façon, s'ils ne sont pas loin, on peut leur tomber dessus par hasard en partant, et pourquoi feraient-ils un carton sur des touristes ?

— Et pourquoi ont-ils tiré les flics de Cairns ? De toute façon, ça ne leur plairait certainement pas que nous ayons discuté avec Wollonga, alors que croiser des touristes ça n'a rien de dangereux pour eux.

— De toute façon, ton copain leur parlera de nous. Et ils verront le camp.

— Non, Wollonga ne leur dira rien, car il ne peut refuser de me répondre à moi qu'il considère de sa tribu, mais il ne parlera pas de nous à des blancs si je lui demande, et qui plus est à des blancs qui ne parlent pas l'abo et lui ne parle pas anglais. Par contre, je suis sûre que rien que d'être vu avec lui, ça pourrait nous coûter cher. Il doit y avoir un truc pas clair.

— OK. Tu as raison. Josué noie le feu, Lou embarque tout, nous partons.

— Sue, dis-lui qu'il ne nous a pas vus. Essaie de savoir pourquoi ces blancs ont descendu les flics.

— Il dit pour protéger l'arbre sacré. L'arbre qui pousse sur la terre que veulent les jaunes.

— Quels jaunes ?

— Je ne sais pas, il dit : les jaunes, c'est tout.

Le van n'était pas à plus de deux kilomètres quand Josué qui surveillait l'horizon vit de la poussière sur la colline de l'Ouest.

— Ils arrivent, on s'est tiré juste à temps. Putain l'histoire ! Dire que tous les flics d'Australie les recherchent, et que nous, nous avons manqué prendre le thé avec eux ! Qu'ils sont là, à moins de cinq minutes.

— Tu parles d'un thé qu'on aurait bu, dit Lou. On devrait peut-être téléphoner ça à Karen ?

— Des clous. Moi, je sais que Wollonga ne nous trahira pas avec les gars qui viennent d'arriver, mais lui sait que moi non plus je ne le trahirai pas. On n'a rien vu, rien du tout.

— Tout à fait d'accord, dit Laurent que cela arrangeait.

— Je suis du même avis, dit Josué.

— Bon, dit Lou, on n'a rien vu. Alors, où va-t-on ?

— N'importe où, où on ne croisera pas ces types, dit Sue.

— Moi, ce qui m'inquiète c'est cette histoire de terre que veulent les jaunes.

— Facile, répondit Josué à Laurent. Sûrement les Chinois qui veulent construire le barrage.

Laurent arrêta le van.

— Ils venaient chercher ton copain pour l'emmener où ?

— Ça, je n'en sais rien.

— Bon, ils ne vont pas coucher là. Ils vont sûrement embarquer Wollonga et repartir par où ils sont venus. On peut les suivre de loin au nuage de poussière que soulèvera leur voiture.

— Mais vous êtes dingues ?

— D'accord, on est dingue, tu veux rentrer à pied ?

Sue les regarda, lut la détermination dans les yeux de Laurent. Elle s'assit contre la porte opposée, le regard tourné vers l'extérieur, elle boudait.

— Faites vos conneries, jouez au cow-boy bloodies bastards.

Laurent roulait doucement. Il arrêta le van à l'endroit où Josué avait aperçu le nuage de poussière.

— Josué dès que tu repères la poussière, on y va.

Ils n'eurent pas longtemps à attendre, les autres repartaient.

— Avec la terre qu'ils soulèvent, ils ne verront rien derrière eux, on peut les suivre de loin tranquille, seul l'abo pourrait voir quelque chose peut-être, mais lui ne dira rien d'après toi.

Sue ne répondait pas. Lou se taisait aussi. Au bout d'un moment cette dernière récupéra son tee-shirt et l'enfila.

— Tiens Sue, tu veux le tien ? Dès que l'on arrive à un endroit civilisé moi, je descends.

— Pourquoi vous intéressez-vous à cette histoire ? demanda Sue.

— Tiens, tu ne boudes plus ?

— Vous voulez dénoncer ces mecs aux flics ? Et Wollonga ?

— Non Sue, tu as ma parole, Wollonga n'aura aucune emmerde. Je veux seulement comprendre comment des blancs peuvent aider des abos en tuant des policiers.

— Tu es flic ?

— Non, je ne suis pas flic, mais j'ai perdu un copain dans le coin, et je voudrais savoir pourquoi.

— Un copain dans le coin ?

— Enfin qui revenait du coin, ça s'est passé à Townsville.

— Ah ! L'égorgé de Townsville, c'était ton copain ?

— Voilà, tu sais.

Sue sentait bien qu'il ne lui avait pas tout dit, mais tant qu'à voyager ensemble, à quoi bon se faire la gueule.

— OK, dit-elle, mais il va falloir faire attention, après la prochaine colline. Ils vont rejoindre la route de Grandvalle et j'espère bien qu'ils ne s'arrêteront pas, car s'ils nous voyaient sortir du bush à leurs trousses, ça pourrait sentir le roussi !

— C'est aussi mon avis.

Ils arrêtèrent la voiture. Laurent couru en avant. Il atteignit la route pour voir un pick-up blanc qui s'éloignait vers le sud. Rien d'autre à l'horizon. Ils ne s'étaient pas arrêtés en rejoignant la route goudronnée. Il repartit en courant vers le van.

— Ils descendent vers le sud, cria-t-il.

Le camping-car repartit et lui aussi prit la route du sud.

— Si tu crois pouvoir les rattraper ! Tu as vu leur voiture ?

— Oui, un pick-up blanc, Ford, je crois.

— Ils peuvent rouler à 160 sur cette route, tu ne dépasseras pas le 110.

Intérieurement Laurent se dit qu'elle avait raison.

— Et méfie-toi, dit-elle, d'ici à Charters Towers, il n'y a pas une pompe d'essence sur deux cent cinquante kilomètres, j'espère que tu as des réserves. Heureusement, il en avait. Ils roulaient depuis une demi-heure. Personne ne parlait. La pluie se mit soudain à tomber dru, à verse, on n'y voyait pas à vingt mètres. Laurent jura. Ils roulèrent encore une vingtaine de minutes à soixante à l'heure au risque de percuter le moindre obstacle sur la route.

— Ralentis, demanda Sue.

Laurent voulut freiner, mais le camping-car glissa sur cent mètres. Avec la pluie sur cette poussière, quand on freine c'est comme freiner sur une savonnette. Heureusement, il n'y avait pas d'obstacle.

— Ralentis après le prochain poteau électrique, il y a une route à gauche : c'est la route militaire en terre qui rejoint Townsville. S'ils sont passés par là, on verra les marques de roues, sinon ils ont continué tout droit sur Charters Towers.

Pas de traces. Ils avaient donc continué.

— Et maintenant, dit Sue ?

Elle avait retrouvé son self contrôle et son assurance. Son atavisme l'avait transformée quelques instants en chasseresse et elle réalisait qu'elle y avait pris un certain plaisir. Laurent lui sourit,

— Et maintenant qu'en penses-tu ?

— Pourquoi ne pas aller à Charters Towers ? On pourrait s'offrir un bon Kentucky chicken ce soir, dit-elle en souriant.

— Pourquoi pas ?

Lorsqu'ils arrivèrent en ville, il ne pleuvait plus depuis un quart d'heure, à croire qu'il n'avait jamais plu, tout était sec. Ils firent le tour de la ville dans tous les sens, pas de pick-up blanc suspect à l'horizon. Et à quoi reconnaître le suspect d'un autre ? Les hommes décidèrent d'être très gentils avec les filles pour faire oublier l'aventure.

— Allez ! dit Laurent, au diable le Kentucky ! J'offre un bon restaurant et le champagne.

— Pour le meilleur des vingt-trois restaurants

licenciés tu n'as pas le choix, c'est l'Enterprise Hotel dans Millchester Road.

— Va pour l'Enterprise.

Après un bon repas Laurent conduisit le van au caravan-park pour la nuit, et l'affaire sembla oubliée.

Chapitre 22

Ils apprirent la nouvelle le lendemain matin, comme ils faisaient le plein à la station-service Golden Fleece à la sortie de Charters Towers.

— Comment ? Vous ne connaissez pas la nouvelle ? Un chinois qui s'est fait descendre dans un temple. Vous vous rendez compte ! Le vieux Chang, celui qui tient le Take-away chinois. Le vieux Chang assassiné au temple. Vous vous rendez compte : au temple ! D'abord, qu'est-ce qu'un chinois foutait dans une Anglican Church, je vous le demande ? Décidément, il n'y a plus aucun respect. Dans un temple. Quand je pense qu'il y a quelques années personne ne fermait sa porte à clef. Le pompiste était remonté. Laurent regardait Josué, Sue et Lou. Pas besoin de parler chacun avait fait le rapprochement : un jaune !

— Comment ça s'est passé ? demanda Lou.

— Poignardé. Saigné comme un porc.

Laurent paya et repartit. À la première cabine téléphonique il s'arrêta, prit une poignée de "coins", et appela Cairns.

— Mac Douglas n'est pas là ? Je peux parler à Karen ? Karen ? André ! Dis-moi, je ne peux t'expliquer, je suis à Charters Towers, il y a un Chinois qui vient de se faire descendre, tu es au courant ? Non ? Ce n'est pas dans ta circonscription ? Bon ! Dis à Mac que je crois bien que ça a un rapport avec son histoire. S'il veut me voir, je remonte sur Cairns par l'intérieur. Nous serons à Mont Garnet ce soir. Nous l'attendrons au premier "rest area" sur le bord de la route, passé Mt Garnet. J'aurai des choses à lui dire.

Ils repartirent, la première demi-heure personne ne

parla.

— Merde ! dit Sue ça devient le far West dans le coin.

— Pourquoi ? Il n'y a jamais de mauvais coups d'habitude ?

— Si, mais plus à l'intérieur des terres, entre Charters Towers et Alice. Chaque fois ou presque, qu'une fille voyage seule vers Alice Spring, elle se fait violer et quelques-unes se font trucider. Mais un honnête commerçant chinois dans un temple !

— Un jaune !

— Oui un jaune ! Je sais à quoi tu penses.

— Je n'ai pas dit que c'était ton copain, ni les copains de ton copain.

— Non, bien sûr tu ne l'as pas dit !

Josué aperçut trois dindes sauvages énormes, à vingt mètres du bord de la route. Un coup d'œil : la route était déserte, sur son tracé rectiligne, on pouvait voir à dix kilomètres. Un coup de frein. Un coup de 22 long rifle. Josué qui galope récupérer une dinde et le van repart.

— Merde ! Vous ne savez pas que c'est interdit ? Ça vaut au moins deux cents dollars d'amende. Les turkeys sont protégées.

— Je sais dit Josué, mais c'est rudement bon rôti.

Ils la firent rôtir dans le bush. Josué avait raison, la dinde était délicieuse. Après le repas, ils reprirent la route. Ils dépassèrent l'endroit d'où ils avaient rejoint cette route la veille et continuèrent sur Grandvalle où ils firent le plein à la station Shell à l'entrée du bourg. Passé Grandvalle tout le monde respira. Ils arrivèrent très détendus à Mont Garnet. À la première aire de repos qu'ils rencontrèrent Laurent stationna le van. Josué alluma le barbecue : le traditionnel

barbecue des aires de repos.
— On couche là, ce soir ?
— Non, nous attendons Mac Douglas, je lui ai donné rendez-vous ici.

Tout le monde mangea de bon appétit. Josué avait fait griller des grosses crevettes, comme il avait coutume de faire ses gambas en Espagne. Les filles apprécièrent ces grosses "prawns" de la région qu'elles n'avaient l'habitude que de consommer à la mode locale, froides en salade, ou frites à l'ail.

— Josué quelle heure est-il ?
— Sept heures.
— Merde il ne va pas tarder à faire nuit, pourquoi Mac n'est-il pas encore là ?

Si seulement il y avait un téléphone !
— J'ai vu une cabine au dernier carrefour que nous avons passé tout à l'heure, à un ou deux kilomètres, dit Lou.
— Sue, tu viens avec moi ? On marche jusqu'à la cabine ?
— J'arrive, dit-elle.

Elle marchait pieds nus, comme la majorité des Australiens, vêtue d'un slip et d'un tee-shirt. Laurent en plus d'un short avait chaussé ses Addidas. Elle glissa son bras sous le sien.

— À quoi penses-tu Laurent ?
— À tout ça.
— C'est pour ça que vous voyagez dans le coin ? Pour savoir ? Juste pour savoir ?
— En quelque sorte.

Ils parlèrent de tout et de rien jusqu'à la cabine téléphonique plantée au carrefour de deux routes désertes. Très australien ces cabines en pleine nature et très anachroniques aussi ces répliques de cabines londoniennes, rouges à petits carreaux de verre.

— C'est Billy ? Salut Billy ; c'est Verger le froggy, oui, André. À quelle heure Mac a-t-il quitté Cairns ? Quoi ! Tu es sûr ? Tu es bien sûr ? Non, non. Karen n'est pas là ? Elle ne lui a pas laissé de message ? Pas à ta connaissance ? Et il a quitté son bureau à cinq heures pour aller au pub... Oui, une chance que tu sois de service ce soir. Non, non. Salut Billy.

— Qu'y a-t-il Laurent, tu sembles contrarié ?

— Je ne comprends pas. J'avais laissé un message à Karen pour Mac et il semble qu'elle ne lui ait pas transmis.

— Et Karen a quitté son travail depuis deux heures au moins.

— Plus. Elle était absente cet après-midi.

— Peut-être a-t-elle récupéré des heures avec Li. Si Li a été en mission ces jours derniers, il doit avoir droit à deux ou trois jours de repos et ils doivent en profiter.

— J'espère que tu as raison, mais cela m'étonne de Karen d'avoir oublié de faire la commission. Espérons qu'il ne lui soit rien arrivé.

— Penses-tu... Et puis avec Li, elle ne risque rien.

— Pourquoi, il est costaud ?

— Tu ne le connais pas ? Il est champion de judo.

— Ah bon ! Il fait du judo ?

— Oui, mais tu sais, pour un jaune, c'est normal.

— Quoi ? Qu'est-ce que tu as dit ?

— De quoi ? Que c'est normal.

— Non, pour un jaune ! Lee est jaune ?

— Bien sûr. D'ailleurs Li c'est un prénom asiatique, Li : L , i.

— Ce n'est pas Lee ! Bon Dieu ! Viens vite !

Laurent courait à s'en faire éclater la rate. La nuit tombait. En approchant de l'aire de repos, il aperçut le van, à demi rassuré. Bien qu'il s'en rapprochait rien ne semblait bouger. Sue arrivait sur ses talons. Josué ! Lou ! gueula-t-il la peur au ventre. Ils se relevèrent d'un coup. Ces cons étaient en train de faire l'amour. Ouf ! Laurent respira.

— Vite dehors, tous dehors. Josué, les flingues !

Laurent installa des sacs et des oreillers sur les sièges. Vaguement de loin et dans la pénombre, on pouvait croire à quatre personnes assises à l'intérieur, en train de parler calmement.

— Vite à couvert dans les bosquets, par pitié les filles ne discutez pas !

Il leur jeta une couverture.

— Roulez-vous là-dedans et ne bougez pas pour un empire jusqu'à ce qu'on vous appelle et quoi qu'il arrive ! Josué ! Il expliqua à Josué en quelques mots sa confusion par rapport à la même prononciation de Lee et Li. De fait, il ne savait pas que le fiancé de Karen était chinois, les questions de celle-ci l'autre soir, son absence, le message non transmis à Mac.

— Josué tu planques en face, je prends ce côté.

Les filles avaient bon caractère Elles se taisaient depuis une heure sans bouger. Sue avait dû expliquer à Lou ce qu'elle avait compris, ou autre chose. Quoiqu'il en soit, rien ne bougeait. Une dizaine de voitures étaient passées sans s'arrêter. S'il n'avait pas été aux aguets, Josué n'aurait pas remarqué le changement de régime du moteur. La dernière voiture qui venait de passer s'était garée plus loin. Elle s'était arrêtée sur le bord de la route. Ça n'allait pas tarder. Josué vit venir trois ombres plus qu'il ne les entendit. Ils marchaient en silence, des hommes armés et entraînés.

Ils passèrent à deux mètres de lui. Pourvu que Laurent les voie, pensa-t-il. Le premier s'était arrêté à l'angle de l'aire de repos. Il ne parlait pas, s'adressait aux deux autres par signes. Une chance. Josué interpréta les signes. Le dernier devait rester là en couverture l'autre aller derrière le bloc sanitaire, quant au meneur de jeu, il s'avançait d'un pas tranquille vers le van.

— Quand il va découvrir la supercherie ça va péter ! pensa Josué.

Celui qui était resté à l'entrée du parking couvait son chef des yeux. Inutile de regarder la route, la moindre voiture s'entendrait à plus de dix kilomètres. Josué décida d'agir, il fallait faire vite avant que le premier homme n'atteigne le véhicule, ça lui rappelait des vieux souvenirs. Son navaja en main, il fut sur l'homme avant que celui-ci ne réalise. La lame s'enfonça dans le "triangle de Petit" un point vital. Le guetteur tomba foudroyé sans un murmure. Josué récupéra l'arme que l'homme tenait à la main, un joli fusil. Cette garce de Karen, pensa-t-il, si je la retrouve ! Laurent ne bougeait toujours pas. Merde, pensa Josué, si l'autre éclaire le van, c'est cuit. Celui qui était derrière le bloc sanitaire regardait aussi le camping-car et son chef qui parvenait à celui-ci. Josué fonça sur les sanitaires. L'homme dut entendre, ou pressentir une présence, sans doute pensa-t-il à son copain, sans doute était-il trop sûr de lui en voyant les quatre silhouettes dans le van faiblement éclairé par la lampe du bloc sanitaire. Toujours est-il que lorsqu'il se retourna, c'était trop tard, Josué était sur lui. Dans sa course, en plein élan, l'Espagnol lui tranchait la gorge à la volée d'un mouvement du bras. Juste un gargouillis comme le chant d'un ruisseau. Second coup au cœur. L'homme était mort lui aussi en silence.

La faute du troisième fut de croire à la surprise. Au lieu d'éclairer le van ou de lâcher une giclée de mitraillette que Josué lui voyait à la main, il appela :

— Monsieur Verger ?

Sans doute se demandait-il pourquoi les occupants restaient immobiles. Avant qu'il ne réalise, il recevait un bloc de quatre-vingts kilos sur la poitrine. Laurent venait de le percuter, catapulté des deux pieds en avant. Ils roulèrent à cinq mètres. Rapide malgré son souffle coupé, l'homme se relevait, il n'avait pas lâché sa mitraillette. Mais Josué, par-derrière, venait de lui saisir le poignet tout en lui portant un étranglement. Pendant que les vertèbres cervicales craquaient, le doigt crispé sur la gâchette envoyait une giclée de balles aux étoiles. Puis le silence retomba.

— Ouf ! fit Josué.

— Comme tu dis !

En les entendant parler les filles arrivèrent.

— Ça ne va pas ! gueula Josué, vous ne deviez pas bouger jusqu'à ce qu'on vous appelle.

Elles tremblaient, pas de froid, de peur. On a vu la fin dit Sue, on a vu le bond d'André et comment tu as ceinturé ce type. Ce con, il voulait nous mitrailler. De rage, elle donnait de grands coups de pied dans le cadavre.

— Arrête Sue ! Arrête ! C'est fini.

Lou se mit à gueuler. Elle avait voulu se rendre aux toilettes et découvrait l'autre Chinois, la gorge ouverte baignant dans son sang. Elle se mit à vomir.

— Bon, dit Laurent, on fait le ménage. Josué, tu conduiras leur voiture. Celle-là et les cadavres, on ne doit pas plus les découvrir que celle des flics.

— Et où vas-tu la planquer ?

— Je ne sais pas.

— Moi je sais, dit Josué, On ne planque pas : On expose. Ils sont venus du nord, on y retourne. À une trentaine de kilomètres d'ici, venant vers nous : un accident. La voiture quitte la route et brûle avec ses passagers. Pas un mort par balle. Pourquoi chercher des mystères où il n'y a qu'un banal accident ?

— Tu as raison. On nettoie.

Chapitre 23

Les journaux avaient relaté l'accident. La Police se posait bien des questions. Dans la carcasse de la voiture détruite par le feu : trois cadavres calcinés et forcément non identifiables, mais aussi une mitraillette et un fusil, et ça, ce n'était pas le genre d'armes que des fermiers promènent avec eux. L'immatriculation du véhicule se révéla fausse. Double énigme pour la police. Tout ce qu'elle put savoir, c'est qu'il s'agissait d'hommes de petites tailles et dont personne ne signalait la disparition. Encore un mystère de plus pour la région. Décidément, Mac Douglas n'avait pas de chance : cinq kilomètres plus loin, cela se serait passé dans la circonscription de Michaël.

Il était six heures, Laurent avait mis le billy à chauffer pour le thé. Depuis la veille, ils campaient dans ce coin perdu. Personne n'avait parlé de l'attaque de l'avant-veille. Par contre, ils avaient passé la première nuit à faire l'amour avec violence, comme pour s'y plonger en entier, corps et âme. Sans savoir comment cela s'était fait, sans préméditation, les filles avaient changé de partenaire toute la nuit, une nuit d'orgie. Elles avaient même fait l'amour entre-elles. La journée suivante, ils avaient lu le journal, puis Josué avait tué un kangourou qu'ils avaient fait rôtir. Lou, écœurée, avait refusé d'y goûter. Sue trouva la chair délicieuse malgré la prévention australienne contre cet animal protégé. La journée avait été calme. La seconde nuit aussi, presque chaste, aucun d'entre eux n'avait fait allusion à la nuit précédente.

Ce matin, le ciel était dégagé, tout le monde s'était

réveillé sur le coup de cinq heures, au lever du jour, suivant l'habitude locale.

— Il faut que j'aille téléphoner, dit Laurent.

— Je t'accompagne.

— Pourquoi ne pas y aller tous en chœur, proposa Josué ?

Ils rangèrent le van et quittèrent le campement. À Herberton, à l'entrée du bourg, ils repérèrent une cabine téléphonique et Laurent appela Mac.

— Allô ? Mac ?

— C'est toi, André ?

— Oui, je voudrais te parler.

— Moi aussi, figure-toi. Il y a deux jours que je te cherche, où es-tu ? Qu'est-ce que c'est que ce coup de téléphone à Billy ? Et Karen ?

— Attends, attends ! Tu poses trop de questions…

— OK, où es-tu ?

— À Herberton dans…

— Ne bouge pas. Tu restes où tu es. Surtout, tu ne bouges pas OK ? Il est huit heures, à onze heures rendez-vous devant le post-office. Il raccrocha.

À onze heures moins dix, la voiture de Mac arriva comme un bolide pour se garer en épi devant la poste en dépit de l'interdiction de stationner. Les quatre campeurs, dans leur van garé à cinquante mètres sur le parking central au milieu de la chaussée, avaient vu arriver la voiture.

— Putain ! dit Josué, il n'a pas dû traîner en route !

Laurent donna un petit coup de klaxon. Mac vint vers eux, il était accompagné de Jack, un de ses adjoints. Un policier en uniforme était resté au volant.

— Salut ! dit Mac, il faut qu'on cause !

— Montez inspecteur, plus on est de fous…

— De fous ? C'est le cas de le dire. On va étouffer à six dans votre van, et puis j'aimerais vous parler en privé, dit Mac en regardant Laurent.

— Je crois en effet qu'il serait temps d'avoir une conversation, montez tous les deux, nous allons aller nous asseoir dans le parc.

Laurent conduisit le véhicule trois cents mètres plus loin. Dans le parc ombragé, il y avait de grandes tables en bois avec bancs à l'attention des touristes, afin de faciliter les pique-niques. Ils s'assirent tous les six autour d'une table.

— Bon ! dit Mac, puisque tu ne tiens pas au tête-à-tête, allons-y. Qu'est-ce que c'est que ce merdier ? Karen a disparu. Tu lui as téléphoné avant-hier matin, je le sais par le central, j'ai fait mon enquête. Le soir, tu m'as appelé, tu as eu Billy. Tu lui as demandé à quelle heure j'avais quitté Cairns. Tu as voulu parler à Karen et tu as été surpris qu'elle ne m'ait pas laissé un message. Ça, c'était à sept heures du soir. Tu as téléphoné du canton de Mont Garnet. Mont Garnet, c'est sur la route de Chaters Towers à Herberton. Le matin à Charters Towers un paisible Chinois s'est fait assassiner, le soir vers neuf heures une voiture a brûlé, une mystérieuse voiture avec des armes, juste passé Mont Garnet et deux heures après ton coup de téléphone. Voilà ! Je t'écoute ?

Tout le monde regardait Laurent.

— C'est la coutume en Australie de déballer une enquête devant n'importe qui ?

— Toi, tu n'es pas n'importe qui. Moi, je suis chargé d'enquête, Jack est mon adjoint, Sue est la fille d'un fonctionnaire d'État, et Lou est Australienne depuis quatre générations, petite fille d'un sénateur, quant à Josué, je suppose que tu t'en portes garant. Alors ?

— OK. Cartes sur table. Ce qui se passe ici, tu as raison : c'est de ton ressort, moi je n'ai aucun droit de faire une enquête quelconque. Didier, le mort de Townsville, était un ancien des services spéciaux français. Trois jours avant sa mort il a appelé Paris, il était tombé sur un gros coup. On l'a descendu juste après. Paris a voulu savoir pourquoi. Disons que je profite de mes vacances pour essayer de comprendre.

— J'aime mieux ça. Donc tu es un "spécial", personnellement je n'en ai rien à faire, je dirais même que cela m'arrange, ce n'est pas moi qui t'empêcherais d'enquêter, je suis même prêt à t'aider, mais à condition que tes démarches ne nuisent pas à mon enquête, car ce qui prime pour moi, c'est mon dossier tu comprends ? Mais ça va trop loin, là ce n'est plus l'enquête sur le mort de Townsville, c'est devenu l'enquête sur un merdier ici, et ça, c'est mon enquête. Disons que tout est lié, disons que, par faveur pour la France, et "à sa requête", j'accepte un conseiller technique pour m'aider à éclaircir le meurtre de Didier Lacroix, ça va ?

— Ça va !
— OK. Alors la suite ?
— La suite !

Laurent lui fit un compte rendu précis de tous les événements : les souliers à radiations, la visite à Jo, la rencontre avec l'abo, tout, y compris les renseignements que Karen cherchait à savoir.

— Bon maintenant, j'y vois plus clair.
— Mais dites donc, dit Sue, qui comme les autres avait écouté le récit en silence, dites donc ! Vous voulez dire que Li ferait partie de la bande des chinois et que Karen serait sa complice ça, je ne peux pas le croire !

— On n'a pas dit ça, dit Mac. Ou bien Li lui soutirait des renseignements pour les autres, ou bien Li a été victime d'un chantage et a planqué Karen, ou bien... Jack va chercher la voiture, s'il te plaît.

Lorsque la voiture fut là, Mac appela le Headquarters.

— Billy ? Ah c'est Tom ! Tom, branche-moi avec le vieux Hadley à Charters Towers.

— Hadley ? C'est Mc Douglas, salut ! Dis-moi peux-tu mettre le paquet sur l'assassinat de ton Chinois ? Je veux savoir s'il était parent, copain, bref, s'il connaissait un de mes hommes, un motard : Li Wang Hong. Tu me rappelles dès que tu as du nouveau, c'est très urgent. Merci ...Tom, Tom, tu es à l'écoute ? Tu branches tout le monde sur Li, je veux savoir où il est qu'il m'appelle d'urgence. Si vous avez des nouvelles de Karen appelez-moi aussi. Et diffusez pour les recherches : trois Chinois dans la voiture barbecue, qu'on essaie de savoir qui aurait vu trois Chinois dans une, attends. André ! Comment elle était cette Falcon ? Mac répétait : Falcon 80 bleu nuit, deux barres plastiques protège kangourous à l'avant, intérieur velours gris modèle luxe Ghia. Terminé.

— Tu n'aurais pas eu la bonne idée de fouiller les bonshommes ?

— Bien sûr que si ! Mais rien, pas même un mégot.

— Tu sais que je pourrais t'inculper pour trois meurtres ?

— Je sais Mac, mais pas de chantage avec moi. Tu as dit : cartes sur table. Tu n'as pas une parole de pute, non ?

— Bien sûr que je n'ai qu'une parole, mais nom de Dieu ! Pourquoi n'avez-vous pas pris contact avec moi aussitôt ?

— Pour se faire refroidir dans les heures qui suivent ? L'accident ça pouvait paraître normal et nous donner un répit supplémentaire. Mais moi, je ne sais pas pour qui roule Li, pour qui roule Karen, et qui voyage avec eux.

— OK. Je crois à bien réfléchir que dans ta position j'aurais agi de même. Si je me fais une bonne idée de la situation, il y a quelque part un gisement très intéressant d'uranium que des Chinois veulent récupérer, pour cela ils veulent construire le barrage, meilleur alibi pour eux, pour une exploitation discrète. Ce gisement se trouve sur le territoire abo, ou juste à côté, bref, dans un lieu qui nécessiterait des travaux en cas de construction du barrage. Des cinglés pour soi-disant défendre les abos n'ont pas trouvé mieux que de descendre deux de mes hommes pour nous attirer dans le coin et gêner les autres.

Mac reprit son micro :

— Tom ! Appelle-moi Brisbane, je veux sans faute demain sur mon bureau le plan exact que les Services Hydrographiques ont fait pour l'étude de l'implantation du grand barrage.

Laurent apprécia, malgré son allure débonnaire, Mac était un efficace. Mac regardait Sue.

— N'aie crainte fille, ton copain abo ne sera pas emmerdé, moi aussi je les connais, il n'a été que comme témoin pour justifier à la tribu que les autres faisaient bien ce qu'ils avaient dit vouloir faire. Disons qu'il n'a été qu'un témoin oculaire d'événements auxquels il était étranger.

Sue le remercia des yeux.

— Et les blancs ?

— Eux, c'est une autre histoire, si je les pique, et j'espère bien les piquer, ça va être leur fête. Quant aux

Chinois... Le radio téléphone grésillait.

— Allô ? Tu as fait vite Hadley ...

Il écoutait sans rien dire, ponctuant son écoute de : Hung ! Un !

— Bon, merci. Il raccrocha.

— Vous avez mis dans le mille. Chang était un cousin éloigné de Li ! À mon avis cet élément précise le scénario. Le vieux Chang a dû se trouver face à un dilemme. Ou bien n'a-t-il pas voulu nuire à Li et il s'est condamné, ou bien en savait-il trop et il ne fallait pas qu'il parle... Mais si Li est mouillé et Chang avec lui, pourquoi descendre le vieux Chinois et attirer l'attention sur lui ? Mac réfléchissait à haute voix. Non, à mon avis Chang s'est trouvé pris dans un chantage et il s'est volontairement sacrifié, ne voulant pas servir de moyen de pression, ni perdre la face.

— C'est aussi mon avis, dit Josué.

Mac le regarda, Josué n'avait encore rien dit.

— J'ai été dans les renseignements pendant cinq ans en Indochine, je connais bien la mentalité asiatique. À mon avis on a voulu faire pression sur Chang en l'obligeant à mouiller Li, et ceci contre la vie de quelque parent éloigné qu'il pouvait avoir conservé en Chine. Vous savez les Chinois ont le culte de la famille et pour eux la famille, ça s'étend sur plusieurs générations.

— Je le pense aussi, dit Laurent.

— Oui et c'est également mon avis dit Mac, dans ce cas : ou Li a accepté de faire semblant d'aider son oncle pour protéger la vie de celui-ci, et il jouait gros, ou il a réalisé une grosse combine et mit Karen à l'abri et s'est planqué lui-même, ou encore, et il serait le roi des cons, tout en plaquant Karen sa mentalité de flic l'a poussé à enquêter, et il a fait semblant de marcher avec les autres. Si c'est le cas, chaque heure qui passe joue contre lui. Et à mon avis, c'est pourtant ce qu'il a fait. La preuve vos trois Chinois ! Parce que vos trois Chinois, cela prouve bien que quelqu'un les a avertis du rendez-vous que vous m'aviez donné. À mon avis Karen a parlé du message à Li, lequel a été obligé de prendre une décision. Sans doute a-t-il paré au plus pressé. Il a dû penser que vous seriez assez grands pour vous défendre. Il lui fallait donner une preuve de sa loyauté aux autres et il était pris de court. Et peut-être que les autres ont Karen en otage ?

— Oui, dit Josué, mais avec tout ça, et à supposer que les autres aient cru en l'accident, encore que celui-ci doit leur sembler bizarre et qu'ils doivent tenir Li à l'œil. Avec tout ça, nous sommes encore les chèvres !

— Tout juste, dit Mac. Les autres doivent vous rechercher. Heureusement pour Li que vous avez fomenté cet accident, si les trois Chinois et la Falcon s'étaient évanouis dans la nature, je ne donnais pas cher de la vie de Li. Ils auraient pensé que Li vous avez averti.

— Ça veut dire, dit Lou, que nous allons risquer de nous faire tirer comme des wallabys ?

— Moi, je serais à votre place les filles, j'oublierais tout et je partirais en vacances dans le Sud. La Tasmanie en cette saison est magnifique.

— Mon cul ! dit Sue, on reste ! On n'a pas de quoi rigoler tous les jours dans ce pays.

Mac lui sourit. Elle lui rendit son sourire.

— Tu as raison Sue, ne changez rien à votre programme, ça semblerait suspect, mais Bon Dieu ! Faites attention à vous. Ça m'emmerderait bougrement d'avoir encore quatre cadavres de plus sur les bras. Ça risquerait de nuire à mon avancement.

— Toi, tu es trop sentimental, dit Laurent en souriant, conscient de l'amitié sous-jacente de Mac, de sa pudique chaleur enfouie dans le non-dit.

— Je sais, je sais, répondit Mac... André, fais gaffe mec ! Appelle-moi nuit et jour, voici ma ligne directe chez moi. Et au central tu auras affaire à Billy ou à Tom. Rien qu'à eux. Si c'est un autre, tu sauras qu'il y a un os. Allez Jack, on se tire !

Les policiers partis, ils restèrent là tous les quatre assis autour de la grande table. C'est Sue qui rompit le silence.

— Alors comme ça, vous êtes des espions ?

— Tu plaisantes fillette, les espions ça n'existe pas.

— Moi, ce qui m'inquiète, dit Lou, c'est comment les autres vont nous retrouver ?

— Ne t'inquiète pas Lou, si les autres pensent que nous ne sommes pour rien dans l'accident, ils nous imaginent insouciants, en train de flâner dans le bush. Et ils se doutent dans quel périmètre.

— Et on y va ?

— Bien entendu qu'on y va !

Tout en disant cela Laurent pensait que c'était sacrément risqué de trimbaler les filles avec eux. Devant son air soucieux Sue lui dit :

— N'aie pas peur pour nous, ça va aller !

— Tu es comme les abos, tu fais de la transmission de pensée ?

— Non, mais j'ai appris à t'apprécier.

— Tu es une sacrée brave fille Sue !

— Et un bon coup aussi. Non ?

— Dis-moi Josué, je crois qu'il y a un élément que nous avons négligé. Les blancs qui sont allés à Charters

Towers, ceux qui ont assassiné les flics, et si c'était eux qui avaient liquidé le vieux Chinois ?

— Je ne pense pas. Sans doute ont-ils voulu lui parler et c'est peut-être leur venue qui a provoqué sa mort.

— À moins que ce soit lui qui les ait contactés ? Bon, on retourne à l'endroit où l'on a rencontré Milonga.

— Il ne faudra pas avoir besoin de téléphoner ! dit Lou.

Chapitre 24

Ils avaient passé la nuit là. Bien que personne n'en parlât, il est certain qu'ils avaient tous dormi d'un sommeil léger, l'oreille aux aguets. La proposition de Lou de faire un tour de garde pour la nuit suivante fut agréée par tous, et bien que nul n'en débattît, cela sembla soulager l'atmosphère. Ils avaient fait du feu. Au mini-supermarché de Grandvalle, simple épicerie libre-service, ils avaient acheté des provisions : poulets rôtis, conserves, jambon... Le soir tombait pendant que grillaient des saucisses et que se taisaient les galahs jacasseurs. Lou avait roulé un joint qu'elle proposa à la ronde. Les hommes refusèrent. Ils voulaient garder l'esprit vif.

— Ça développe les sens, dit Lou.

— Oui, mais pas les réflexes, lui répondit Laurent.

Elle ne trouva rien à redire et le partagea avec Sue. Deuxième nuit calme, chacun avait assumé son quart de veille. À six heures, le billy bouillait sur le feu. Lou se baignait dans la rivière. À huit heures ils commençaient à s'emmerder sec. La tension sous-jacente se faisait sentir. C'est alors qu'apparu Wollonga. Il était nu et souriant, en plus de son boomerang, il portait un jeune kangourou mort, lové autour du cou comme un renard de vieille douairière. Un éternel sourire aux lèvres. Il salua Sue, et sourit aux autres.

— Mon frère nous souhaite-t-il la bienvenue ? questionna Sue.

— Ma sœur est chez elle. Elle et ses amis seront toujours les bienvenus.

— Mon frère ne va pas chez les blancs aujourd'hui ?

Non, il n'y allait pas. Il avait appris, mais comment ? Leur retour ici et il venait leur offrir ce repas et le partager avec eux. Sue lui demanda s'il avait aimé son voyage chez les blancs. Il n'avait pas aimé. Trop de monde et de bruit. Les autres voulaient tuer un jaune et l'avaient emmené pour qu'il témoigne à la tribu. Mais quand ils rejoignirent le jaune, le jaune était déjà mort. Wollonga riait de la bonne farce faite aux blancs. Alors les blancs n'avaient pas aimé, ce qui était idiot : puisque le résultat était le même, mais il pensa que les chasseurs n'aimaient pas que l'on tue leur proie. Puis les blancs l'avaient ramené ici. Et ils étaient repartis très vite, sans lui montrer avec leurs doigts comme ils le faisaient d'habitude, la date de leur prochain rendez-vous. Quand Sue eut traduit, Laurent dit :

— À mon avis ceux-là trouvent qu'il vaut mieux peut-être se mettre au vert quelque temps. Ils ont dû décrocher pour l'instant.

Le kangourou était presque cuit quand Wollonga s'adressa à Sue.

— Il dit qu'une voiture arrive !

Chacun prêta l'oreille.

— Non, dit Josué, il a dû se gourer, on n'entend rien.

— Il ne s'est sûrement pas gouré, s'il dit qu'une voiture arrive, c'est qu'une voiture arrive.

Dix minutes plus tard leurs oreilles tendues crûrent entendre un moteur. Mais personne ne put le certifier : illusion collective ? Ou le moteur s'était-il arrêté ?

— Il dit que ce n'est pas la voiture qui venait le chercher d'habitude.

Wollonga arracha une patte du kangourou et s'éloigna dans le bush. Une demi-heure plus tard, c'était toujours le silence total. Ils mangèrent. Cuit à l'abo, directement sur la braise, ni pelé ni vidé, le kangourou avait un drôle de goût, aucun d'eux n'avait semblé y prendre grand plaisir. Josué mit le billy à chauffer pour le thé. Sue et lui se lavèrent les mains à la rivière en les frottant de sable. En relevant la tête Sue cria d'étonnement.

Un Chinois la regardait en souriant, jambes écartées, le doigt sur la gâchette d'une mitraillette. À son cri chacun s'était retourné. Ils les virent tous les cinq. Ils étaient là autour d'eux, quatre formants un carré, chacun une mitraillette à la main, le cinquième près de celui qui se tenait à l'angle nord, tenait un revolver.

— Bonjour, dit celui-ci, je m'appelle Hi Fow, ayez la bonté de rester où vous êtes. Il les détaillait tous, sans doute le fait qu'ils soient nus tous les quatre le choquait, non pas par pudeur, mais que quatre personnes pourchassées soient nues, cela troublait sa logique.

— Lequel de vous deux est Monsieur Verger ?

— C'est moi, pourquoi, nous avons fait une infraction ?

Hi Fow rit à belles dents

— Non, non Monsieur Verger, pas d'infraction.

— Alors quoi ? Pourquoi ces armes ? Vous êtes de la Police ?

— Monsieur Verger vous êtes un humoriste, c'est bien ainsi que l'on dit en français ? Vous êtes bien français, n'est-ce pas ?

— Oui pourquoi ? Je suis en règle, j'ai un visa.

— Monsieur Verger, pensez-vous plaisanter encore longtemps ?

— Je ne comprends pas.

Hi Fow prit la mitraillette de l'homme qui était à ses côtés.

C'est trop idiot ! pensa Laurent on va se faire descendre connement. Mais Hi Fow s'adressait en chinois à son équipier. Celui-ci repartit vers le coteau d'où ils avaient dû arriver. Sans doute vers la voiture qu'ils avaient stationnée en amont pour les surprendre. En effet, quelques minutes plus tard, un bruit de moteur se fit entendre, une voiture arrivait, c'était un land rover au châssis long. Ils étaient deux à bord, l'homme que Li Fow avait envoyé et le chauffeur. Les deux arrivants rejoignirent Hi Fow qui rendit la mitraillette à son propriétaire. Seul le chauffeur n'avait pas d'arme. Et pourtant celui-là portait une tenue de policier, Li ! pensa Laurent.

— Monsieur Verger, mon ami Li, ici présent, prétend que vous avez enlevé sa fiancée.

— Sa fiancée ?

Laurent essaya de penser vite. Bien sûr ! Li avait planqué Karen et accusé Laurent, c'était ce qu'il avait trouvé de mieux pour justifier la disparition de la jeune femme en tout cas cela prouvait qu'elle n'était pas entre les mains de ces hommes.

— Est-ce une de ces deux jeunes femmes ?

Li les regardait toutes deux comme s'il ne les connaissait pas. Elles firent de même.

— Mais enfin ! dit Sue, qu'est-ce que c'est que cette histoire !

Elle parlait comme quelqu'un en colère tout en se rapprochant de Laurent.

— S'il vous plaît, dit Hi Fow, j'avais dit : pas bouger !

Ne se laissant pas démonter Sue continuait :

— Mais enfin à quoi joue-t-on ici ? Enfin quoi ? Hé vous là-bas, c'est moi votre fiancée ? Non ? C'est elle ?

Non ? Bon alors qu'est-ce que vous voulez de plus. Vous voulez mater c'est ça ? Eh bien moi je vais passer une robe !

Comme elle faisait mine de monter dans le van Hi Fow cria : stop ! Et l'on entendit la balle qu'il engageait dans le canon du revolver. Sue s'immobilisa plus très fière, elle n'osait plus reposer le pied par terre, et se retourna doucement.

— Monsieur Verger, dit Hi Fow, j'avais de bons amis qui voulaient vous rencontrer, vous ne les auriez pas vus ?

— Des amis ? Des Chinois aussi ? Non, personne n'est venu.

— Décidément vous êtes irréductible !

Il s'adressa à ses deux voisins, aussitôt Li et l'homme qui était allé le chercher foncèrent sur Lou qu'ils prirent en otage, le bras tordu dans le dos par Li, la mitraillette sur la tempe par l'autre type.

— Vous me faites mal ! hurla Lou qui avait les larmes aux yeux.

— Monsieur Verger, je commence par elle. Un mort pour l'exemple, ensuite autant de mort que de silence à mes questions.

— Stop ! hurla Laurent, que voulez-vous savoir ?

— Ah ! Je savais bien, sourit Hi Fow, la "galanterie française" !

— Que voulez-vous savoir ? questionna de nouveau Laurent.

— Mais tout ! Monsieur Verger, Tout !

— OK, dit Laurent, je suis un touriste français en vacances, je suis venu ici parce que mon frère a été assassiné, il y a plus d'un mois, et que j'aimerais savoir pourquoi ? Vos connards de policiers, et il montrait Li du doigt, n'ont pas trouvé pourquoi et ils ont classé l'affaire.

Alors j'ai vu ce Monsieur : Josué, il partageait la maison de mon frère, et je l'ai payé pour qu'il m'accompagne dans le bush, dans la région que prospectait mon frère et puis nous avons rencontré ces deux jeunes filles qui faisaient du stop, et je leur ai proposé de partager mon tourisme (voyage), c'est moins triste, c'est tout.

— Non, ce n'est pas tout Monsieur Verger, mais vous avez déjà fait un pas sur le sentier de la sagesse. Continuez !

— Continuez quoi ?

— Et la fiancée de Li ?

— L'inspecteur Mc Douglas s'est intéressé à moi ainsi que son assistante et elle était très curieuse.

— Oui et alors ?

Merde, pensa Laurent, Li a dû parler du coup de fil.

— Je lui ai promis dix mille dollars si elle m'aidait à retrouver les assassins de Didier. Comme nous étions à Charters Towers, nous avons questionné quelques personnes au sujet du meurtre de mon frère. Le soir deux hommes, deux blancs, sont venus nous voir. Ils nous ont dit que pour cinq mille dollars ils me livreraient l'assassin. Ils nous ont donné rendez-vous pour le lendemain matin à un take-away. Quand nous sommes arrivés, le propriétaire, tiens un Chinois justement, le propriétaire avait été assassiné. J'ai appelé Karen pour lui dire qu'il devait y avoir une relation entre ce meurtre et celui de mon frère, que j'avais de quoi identifier les deux hommes, et je lui ai donné rendez-vous à une aire de repos à sept heures du soir après Mont Garnet. Mais elle n'est pas venue. Le lendemain j'ai téléphoné à son bureau, j'ai appris qu'elle avait disparu, alors pour ne pas être accusé de quelque chose dans sa disparition, je suis reparti dans le bush.

— Vous dites qu'elle a disparu ? demanda Hi Fow.

Laurent surprit le bref regard qu'il jetait à Li. Aie, Aie, aie ! Ça allait barder pour Li. Comment rattraper le coup ?

— Oui, sans doute a-t-elle pensé aux dix mille dollars, et est-elle allé planquer à l'adresse des deux hommes qui m'avaient contacté.

— Parce que vous avez leurs adresses ?

— Quand nous avons parlé, ils ont dit qu'ils connaissaient le Chinois du Take-away, parce qu'ils s'arrêtaient manger là parfois lorsqu'ils voyageaient pour livrer de l'aluminium à Alice. J'en ai déduit qu'ils sont chauffeurs à la Comalco.

— Vous avez beaucoup d'imagination, Monsieur Verger.

— Normal, je suis écrivain.

Les quatre hommes armés semblaient avoir relâché leur surveillance, ils n'avaient pas bougé, ils encadraient toujours les campeurs, mais leurs mitraillettes pendaient en bout de bras, pointées vers le sol. Li tenait toujours Lou devant lui son bras tordu dans le dos.

— À votre avis Monsieur Verger, une femme flic, même qui va se marier et aimerait se meubler, même pour dix mille, dollars, disparaîtrait-elle trois jours sans prévenir ni ses chefs, ni ses collègues, sans donner de raison valable ?

— À mon avis, c'est une connerie pour se faire virer de la police.

— C'est aussi mon avis Monsieur Verger, mais vous maintenez vos dires ?

— Évidemment que je maintiens !

— Il va me falloir revenir à mes premières intentions Monsieur Verger, votre histoire me paraît bien incroyable. Je vais donc faire éliminer cette jeune fille pour commencer, croyez bien que je le regrette.

— Non ! hurla Lou.

Un cri de galah résonna en écho tout près.

— Laissez-la ! Laissez-la ! hurla Sue.

Elle se jeta par terre, se mit à taper le sol de ses deux poings, et à crier des phrases décousues. Une véritable crise d'hystérie ! Elle hurlait, trépignait, martelait le sol. Quel cran ! se dit Laurent, elle joue la crise de nerfs, elle fait la loufdingue et hurle des phrases en abo. Pourvu que ces tordus ne réalisent pas !

Hi Fow hurla un ordre. L'un des hommes s'élança vers elle, lui releva la tête par les cheveux et lui administra deux gifles magistrales. C'est alors qu'on entendit le sifflement, mais personne ne réalisa avant que le boomerang n'atteigne Hi Fow en pleine tempe. D'un même élan, Li plongeait sur l'arme de son voisin, tandis que Laurent sautait sur la mitraillette que le gardien avait posée sur le sol pour gifler Sue. Il y eut deux courtes rafales. Puis plus rien.

Dans le silence qui suivait Laurent contemplait la scène. Hi Fow était étendu, mort ou assommé. Li avait sauté sur l'arme que son collègue tenait à bout de bras, il avait glissé son doigt sur celui de l'autre et, dirigeant l'arme vers l'autre garde, avait obligé le premier à tirer malgré lui sur son équipier, pendant que d'un étranglement meurtrier il l'envoyait dans l'autre monde. Avant que de pouvoir faire usage de son arme celui qui était resté près du land Rover s'était ainsi trouvé involontairement mitraillé par son partenaire avec l'aide de Li.

Celui qui avait giflé Sue restait immobile face à terre, prostré, les deux mains croisées sur la tête, le canon de sa propre mitraillette dans la main de Laurent lui glaçant la nuque. Quant au quatrième homme, il restait immobile appuyé au van le long duquel il glissait imperceptiblement vers le sol, du sang ruisselait de sa jambe, dans laquelle il avait involontairement tiré lorsque son doigt s'était crispé sur la détente au reçu d'un couteau en plein cœur.

— Merde ! dit Laurent, regardant Josué toujours aussi nu que lui-même, mais où donc avais-tu pu cacher son couteau ?

Josué, comme à son habitude, l'avait laissé planté sur la fourche de bois qui supportait le billy, juste à portée de main. Hi Fow était dans un état comateux, lui ne poserait plus de questions mais il n'y répondrait pas non plus, et ce ne serait pas par mauvais esprit, il y avait de grandes chances qu'il ne puisse plus le faire, plus jamais.

— Reste notre gifleur de société, dit Laurent.

Li le prit par le collet, le releva et l'appuya contre le van.

— Croyez-moi ! Celui-ci va parler pour quatre, N'est-ce pas Liou ?

Wollonga sortait du bush souriant de toutes ses dents. Il ramassa tranquillement son boomerang et vint s'asseoir sur ses talons près du feu. Sue s'aperçut que l'eau chantonnait dans le billy, elle retira celui-ci du feu et jeta une poignée de thé à infuser. Elle s'assit face à Wollonga et le regarda dans les yeux. Puis elle mit sa main sur l'épaule de l'aborigène et sourit. Ils se regardaient tous les deux, sourire dans sourire, yeux dans les yeux. Puis Sue versa le thé et ils burent à la même tasse.

Pendant que Li, Josué, et Laurent faisaient connaissance, Wollonga s'adressa à Sue.

— André ! Wollonga dit que si tu veux faire

disparaître la voiture et les cadavres, il sait où, là où les blancs ont enterré les deux flics.

Chapitre 25

— Ainsi voici une enquête résolue, dit Mac.

Ils étaient attablés au restaurant du Yachtman Club de Cairns où Mac les avait invités à souper. Il faisait bon dans la grande pièce climatisée. Karen avait revêtu un bel ensemble de toile blanche, Li était également tout de blanc vêtu dans son uniforme d'été : chemisette, short, et chaussettes blanches montantes jusqu'aux genoux. Mac, très digne, portait un pantalon bleu ciel et une chemisette à grands ramages. Sue et Lou portaient des robes en soie blanche de chez Ischma, peintes à la main par Bernard le froggy. Josué pour la circonstance avait revêtu un pantalon et une chemisette du plus beau rose. Quant à Laurent, il supportait un costume d'été en toile écrue non doublé.

— Donc, dit Mac, malgré les dénégations de Liou, ce sont les Chinois qui ont descendu Didier.

— Oui, pour protéger leur découverte, une riche mine d'uranium, qu'ils souhaitaient s'approprier illégalement, puisqu'il n'y a pas d'accords commerciaux sur ce produit entre la Chine et l'Australie, et ce, malgré votre belle ambassade à Pékin pour laquelle vous avez dépensé si cher en mobilier.

— André ! Tu es ici pour colporter tous les ragots politiques ?

— Non, bien sûr Mac, ce scandale c'est sûrement encore des "menteries" de journalistes.

— Ainsi donc les Chinois voulaient cette mine, et pour éviter que ceux-ci ne l'exploitent, les deux blancs pro-abos ont abattu Gary et Sean afin d'ameuter la police sur ce secteur.

— Exact.

— Et les Chinois voulant savoir ce qui se passait ont essayé d'obtenir des renseignements sur l'enquête par toi Li, en faisant chanter ton vieil oncle Chang.

— Toujours exact, dit Laurent.

— Et quand ils ont vu les pro-abos rechercher Chang ils l'ont eux-mêmes descendu, croyant à un piège tendu par ce dernier qui les aurait trahis ?

— Quelque chose comme ça.

— Donc, plus de Chinois, affaire classée…

— Oui, nous allons pouvoir passer deux ou trois jours à nous baigner vers Kuranda.

— Ben voyons ! Qu'est-ce que vous pourriez faire d'autre ?

— Je dois t'avouer Mac que je suis très heureux d'être tombé sur un flic comme toi. Non seulement tu es sympa, mais tu piges vite.

— C'est vrai que d'autres t'auraient expulsé séance tenante. Venir enquêter en douce sur leur territoire, et ce n'aurait pas été les motifs qui m'auraient manqué, fausse identité, par exemple !

— Tut, Tut ! Vrai passeport et vrai visa !

— Bon, passons, mais dissimulation de preuves à la police, assassinats, etc. etc. j'en passe et des meilleures.

— Oui Mac, mais à qui revient tout le mérite d'avoir tiré cette affaire au clair ?

— Normal, tu n'avais pas le droit d'enquêter ici André, tu n'aurais pas voulu, en plus, diriger les opérations !

— Bien sûr que non, c'est ce que je disais Mac. Je lève mon verre au succès de l'inspecteur Mc Douglas, le meilleur flic australien que je connaisse.

Chacun leva son verre.

— À Mac et à sa prochaine promotion j'espère, dit Karen

— Toi Karen, tu ne serais pas en train de viser mon fauteuil ?

Tout le monde s'esclaffa. La bière coulait à flots.
— Dis-moi Mac...
— Oui André ? Au fait, André, ce n'est certainement pas ton vrai nom, n'est-ce pas ?

— Quelle importance, dit Laurent, puisque maintenant tout le monde y est habitué, à commencer par moi.

— Oui, tu as raison.

— Oui, dis-moi Mac, pour Karen, le premier soir, c'est toi qui lui avais suggéré de sortir avec moi ?

— Pas du tout, mon vieux. Ici les filles sont très libres avant le mariage. Si tu veux mon avis, mais ce n'est que mon interprétation personnelle, pour moi elles cherchent toutes à se marier, et pour y arriver, fiancée ou non, elles restent libres, ainsi les gars savent que s'ils veulent des femmes fidèles ils n'ont qu'à les épouser. C'est leur façon à elles de leur forcer la main, car après mon pote, tintin, ce sont des honnêtes femmes, même si elles flirtent un peu dans les parties.

— Et Jo, Marc ? Je peux t'en parler ?

Marc regarda Laurent dans les yeux, sa mâchoire s'était un peu crispée, mais il se détendit presque aussitôt.

— Tu vois à un autre que toi je ne répondrais pas, ou alors par mon poing sur la gueule. Mais toi et moi nous savons que parfois les lois ! Ici, tous les hippies veulent faire pousser de l'herbe, et tous ces petits dealers pourrissent le pays, attirent des tas de marginaux, de clochards, de paumés. Jo et ses copains ont pris le marché en main et il fait la police à ma place, il élimine toute la concurrence avec mon aide. Mais nous avons un "deal" : Pas de grosse délinquance, pas de meurtre ou de hold-up, c'est interdit par la mafia. Bien sûr, ce n'est pas régulier régulier, mais en fait la ville est calme, et le paisible citoyen y trouve son compte. Après tout, mon job n'est-il pas de faire régner l'ordre ?

— Toi aussi tu y trouves ton compte Mac, dit Laurent se demandant jusqu'où il pouvait aller trop loin.

— Oui moi aussi André ! Tu sais combien gagne un inspecteur ici ?

— Je paye le champagne, dit Laurent, Garçon, vous avez du champagne français ?

Il en avait seize bouteilles. Laurent les fit réserver.

— Tu vois André, c'est ça l'Australie. Ici on peut parler d'une enquête devant deux filles comme Sue et Lou, ce sont deux citoyennes qui aiment leur pays. On peut faire confiance à Li, il a la peau jaune mais il est australien pur-sang, les Chinois n'auront pas de prise sur lui. Et même Josué qui n'est australien que de première génération, Josué se sent pleinement australien bien que "New Aussie".

— Tu ne trouves pas que vous êtes un peu chauvin, Mac ?

— Je porte un toast à l'Australie, le dernier pays libre du monde.

— Pourquoi pas à la Reine ?

— Ne m'emmerde pas avec ça André, tu ne peux pas comprendre, mais n'aie crainte, un jour nous aurons peut-être une république.

— Alors ! dit Karen, ce n'est pas bientôt fini vos apartés ? Fais-nous un peu profiter de ta présence puisque tu pars bientôt. Quant au fait ?

— Hé bien, nous allons passer deux ou trois jours à

nous baigner comme je te l'ai dit, et puis nous redescendrons sur Townsville. Il faut que Josué regagne ses pénates, et moi je reprendrai l'avion pour Paris.

— Et nous ? demandèrent Sue et Lou en chœur.

— Vous ! On va vous faire l'amour jusqu'au départ pour vous laisser des regrets.

— Macho ! "Mâle chauviniste pig" ! dit Lou.

— Sale mec ! dit Sue et elle l'embrassa tendrement pour qu'il sache bien qu'elle ne le pensait pas.

Chapitre 26

Ils s'étaient promenés dans le petit marché hippie si sympathique du dimanche matin. Kuranda n'était qu'un tout petit village dont le charme s'alliait à celui du vénérable train touristique qui y transportait les touristes depuis Cairns. Ils embarquèrent dans le camping-car pour rejoindre une petite cascade de la Barron River où une petite cuvette ombragée permettait d'ignorer la chaleur. Manque de chance, ils n'étaient pas les seuls. Une vingtaine de couples nus s'y débattait déjà avec une foule de gosses.

— Quand même dit Lou, c'est dur de penser que dans trois ou quatre jours nous allons nous quitter. Dire que Sue et moi nous aurions pu encore disposer de deux ou trois mois.

— Qui t'a dit que nous allions nous quitter dans trois jours ?

— Ben toi ! Tu l'as dit hier soir à Mac.

— Maintenant que l'affaire est classée, dit Josué, tu as l'intention de prendre des vacances ?

— Qui t'a dit que l'affaire était classée ?

— Ben toi ! Tu l'as dit hier soir à Mac.

— Lou ! Tu te répètes !

Tous les trois regardèrent Laurent avec étonnement.

— Pas possible, dit Lou, tu as pris un coup de bambou ! Tu ne supportes pas le soleil ?

— Figurez-vous, dit Laurent, que j'avais relevé les coordonnées du gisement qui intéresse les Chinois. Je les avais envoyées à Bernard, un Français qui est responsable des prospections à la Minatone et hier, j'ai reçu sa réponse.

— Et alors ? demanda Josué pour rompre le silence

qui suivait.

— Et alors, il n'y a pas de filon, pas de mine, pas d'uranium.

— Quoi ? firent-ils tous les trois avec un ensemble parfait.

— Oui, le Chinois avait raison, ce ne sont pas eux qui ont assassiné Didier, mais les pro-abos. Ceux-ci ont planqué du minerai dans le coin et vendu le soi-disant tuyau aux Chinois comme celui d'un gisement exceptionnel, et c'est ça que Didier à découvert, c'est la raison pour laquelle ils l'ont éliminé, pour s'assurer de son silence. Puis, ils ont descendu les deux flics pour faire fuir les Chinois du coin afin que leur escroquerie ne soit pas découverte. Seulement ils n'avaient pas prévu l'entêtement des jaunes, car eux, les Chinois, ils y croyaient ferme au gisement. C'est pour cela qu'ils sont allés chez Chang. Parce qu'ils le connaissaient, c'est à lui qu'ils s'étaient adressé pour prendre contact avec les Chinois. Alors, sous prétexte de défendre les aborigènes ils protégeaient leur bobard, leur fausse mine : pas mal la combine, non ?

— Bullshit ! dit Josué, tout ce carnage pour une simple affaire de truandage !

— Hé oui, c'était pas mal trouvé comme escroquerie, non ?

— Et ces types, ils sont où, maintenant ?

— Peut-être pas loin.

— Ah non ! dit Lou, on ne va pas encore jouer la chèvre !

— Moi, dit Josué, je ne suis pas tellement pressé de reprendre le boulot, il y a longtemps que je n'avais pas pris de chouettes vacances.

— Tu parles de vacances ! On voit bien que ce n'est

pas toi qui t'es retrouvé une mitraillette sur la tempe.

Un ange passa, les ailes traînant dans la poussière.

— Moi, dit Sue, je trouve qu'après les événements auxquels on a survécu, deux petits truands à rechercher, ça n'a rien d'affolant.

— Tu oublies, rétorqua Lou, qu'ils ont déjà descendu au moins trois types : Didier et les deux flics. De toute façon, on ne sait pas où ils sont, alors.

— Non, dit Laurent, mais il y a quelqu'un qui doit bien le savoir.

— Et allez ! s'exclama Lou, c'est reparti pour un tour.

— Mais dit Josué, ta mission c'était de savoir qui a buté Didier et pourquoi ? Donc tu n'as plus besoin de rester.

— Je sais qui a descendu Didier, et je sais pourquoi, mais entre nous, j'aimerais bien, et je suis sûr que le "Vieux" aussi, que les types ne s'en tirent pas comme ça. Et puis le minerai qu'ils ont utilisé, il venait bien de quelque part ? Ou ils l'ont piqué à la Minatone et c'est grave qu'il y ait des fuites là, ou ça vient d'une autre mine inexploitée, et au prix où sont les prospections ça intéresserait sûrement Minatone de le savoir. Je te rappelle que Minatone est à capital français à 50 %. Et puis, il y a autre chose qui me turlupine. Pourquoi avoir proposé le coup aux Chinois ? Pourquoi pas aux Américains ?

— Parce que les Ricains auraient pu entrer directement en contact avec le gouvernement Australien.

— Peut-être, peut-être. Dis-moi Sue, tu m'as bien dit que Wollonga ne parlait pas anglais ? Ni les blancs, l'abo ? Donc il a bien fallu que quelqu'un serve d'interprète à un moment donné.

— J'ai compris, dit Sue, nous sommes encore bons pour bouffer du kangourou grillé.

Chapitre 27

Cette fois, ils étaient carrément en pleine réserve aborigène. Ils avaient traversé le Tipitipi à cent mètres au nord d'où ils avaient rencontré Wollonga, à l'aide d'un pont radeau, à cheval sur des hauts-fonds, et qu'ils eurent du mal à construire. Depuis trois heures, ils roulaient en plein bush hors de toute piste et de tous points de repère connus.

— C'est complètement dingue, dit Lou, on ne sait pas du tout où trouver Wollonga ! Nous aurions dû attendre près du cours d'eau.

Ils progressaient à trente à l'heure de moyenne et n'avaient pas croisé âme qui vive.

— Putain ! dit Josué, on ne leur a pas laissé quand même les meilleures terres…

À cinq heures, ils s'arrêtèrent et se préparèrent à passer la nuit. Lou et Laurent ramassèrent du bois mort pour le feu. Sue alluma le barbecue qu'elle avait construit avec trois pierres. Dans l'éternel billy, l'eau commençait à chauffer pour le thé. Comme à l'habitude ils étaient nus. Laurent était maintenant aussi doré que les autres, sauf peut-être que Sue qui, en effet, avait peut-être, à cause de ses origines, une carnation un peu plus sombre.

Josué, du fait de son passé et de son caractère, semblait très à son aise dans cette vie sauvage. Il paraissait avoir rajeuni de dix ans. Lou et Sue restaient semblables à elles-mêmes : deux sauvageonnes australiennes amoureuses de tout ce qui fait leur pays et d'une nature rude et vraie qui en est le symbole.

Le bois étant rare, ils s'égaillèrent autour du camp pour ramasser un maximum de brindilles mortes. Quelle ne fut pas leur surprise au retour de trouver assis autour du feu : Wollonga, une femme abo et deux enfants, dont l'un blond et bouclé. Encore un mystère aborigène, ces enfants très clairs et blonds. Personne ne les avait vus arriver, et pourtant le terrain était plat à la ronde. Ils arboraient tous un magnifique sourire et une totale nudité. L'enfant blond tenait un chien dans ses bras.

— Bonjour ! dit Sue, mes amis et moi nous avons profité de l'invitation de Wollonga, lui et les siens sont les bienvenus pour partager notre souper.

Wollonga présenta Woali sa femme et ses deux enfants.

— C'est marrant, dit Josué, je n'imaginais pas notre ami chargé de famille.

Ils firent réchauffer des poulets rôtis sur la braise et tout le monde partagea le même repas, y compris le chiot qui ne devait pas se souvenir d'un pareil festin à voir sa maigreur.

— Ils adorent les animaux ? questionna Laurent.

— Oui, lui répondit Sue, les jeunes chiens sont les amis des gosses, ils leur servent de compagnon de jeu jusqu'à ce qu'ils soient d'un âge assez mûr pour servir de repas.

— Non ? Ils les mangent ?

— Et pourquoi pas ? rétorqua Sue.

— Oui, tu as raison, pourquoi pas ? Tu vois on a beau se dépouiller des vêtures de la civilisation, on a plus de mal à se dépouiller des idées reçues. C'est vrai que pour eux et pour nous les valeurs sont différentes. Demande-lui si nous pouvons rencontrer le chef de sa tribu ?

On pouvait, ce fut chose faite le lendemain vers midi. Au matin quand Laurent sorti du van, il avait trouvé

Wollonga et sa famille assis au même endroit et dans la même position où il les avait laissés la veille au soir. À croire qu'ils n'avaient pas bougé ! C'est Sue qui comprit que Wollonga avait une requête à formuler, mais qu'il n'osait pas. Elle découvrit bien vite le souhait de Wollonga : Il voulait que sa famille voyage sur le toit du camping-car. Requête acceptée avec joie. C'est ainsi qu'ils atteignirent l'arbre sacré, celui du rêve du crapaud. Les enfants riaient en silence, des yeux, pour eux c'était la vraie fête foraine cette initiation au transport. Le chef et Sue palabrèrent longtemps dans la langue abo.

— Ma parole, il lui raconte sa vie, dit Lou.

— Voici, dit enfin Sue, tout ce que je peux vous apprendre c'est que-les-blancs-qui-protègent-l'arbre-sacré sont venus ici avec un métis qui travaille au centre administratif de la réserve à Marina Plains. Ces blancs voulaient obtenir du chef l'autorisation de circuler dans la réserve pour empêcher les jaunes de construire un barrage ; L'idée du barrage, les aborigènes connaissent. Pas une réserve où l'on n'en ait pas parlé pour discuter du projet. Car le gouvernement aurait pu mener ce projet à bien si toutes les tribus avaient donné leur accord. Mais pour cela il fallait voter, et pas un aborigène n'avait voulu se prononcer en faveur de la construction, quant aux questions de certains chefs, on avait dû leur avouer que serait engloutie une petite partie de leur terre, une toute petite partie, mais une part justement où il y avait un arbre sacré. Le gouvernement avait bien proposé de faire déraciner l'arbre et de le transplanter dans n'importe quel autre lieu de leur choix. Mais niet ! Rien à faire. Ils n'avaient rien voulu savoir. Le métis qui pourtant au début était considéré comme favorable au projet, était devenu l'un des plus acharnés détracteurs du barrage.

— Facile, dit Josué, il avait dû toucher un paquet de fric des politiciens pour enlever l'adhésion des autres, et ensuite il a dû toucher plus par nos tueurs pour s'opposer au projet.

— C'est loin Marina Plains ? questionna Laurent.

— Non, sur le Golf à quatre cents kilomètres, au nord.

Marina Plains était un Centre Administratif de réserve traditionnel, c'est-à-dire qu'il y avait là : le Bureau du représentant des affaires ethniques, la salle de réunion, l'épicerie capharnaüm où l'on trouvait de tout, le bureau administratif faisant office de poste-banque-police-infirmerie. Bref, le trou paumé vu par un Européen, la ville pour un bushman.

L'arrivée du van éveilla la curiosité. D'habitude, les visites se réduisaient à celles du représentant de commerce de Cairns qui, deux fois l'an par avion, venait prendre des commandes, celles d'un docteur volant en cas d'urgence médicale et une liaison administrative tous les deux mois. Déception le métis avait quitté la réserve depuis trois jours. Dans leur malheur, ils eurent la chance que Graham le représentant des affaires Ethniques, c'est-à-dire le représentant du gouvernement, soit un jeune type sympa qui avait été l'élève de la mère de Sue. Par lui, Sue apprit confidentiellement l'adresse du métis qui se prénommait Max. Il avait bien été obligé de la laisser à l'administration pour faire suivre son courrier et surtout parce que c'est la loi pour ceux qui quittent la réserve.

Graham les invita à souper, pour lui les visites étaient rares. Il avait bien fait les choses. Outre les quatre arrivants, il y avait là : Jane, l'infirmière qui vivait avec lui,

Michaël, un aborigène chargé des liaisons radio, Pamela une énorme femme noire qui gérait l'épicerie, et Bill, un blanc, qui avait en charge le groupe électrogène, les deux voitures officielles, le bateau, et la chambre froide. L'avantage du Golf, c'est que l'on y mange du poisson. Bill voulait à tout prix inviter Sue à pêcher le lendemain matin.

— Tu verras, c'est formidable, si tu pêches trois poissons je te donne dix dollars, si tu perds, tu m'en donnes dix.

Évidemment, il n'y avait pas de machines à sous ici, ni de tiercé, on pariait comme on pouvait. Graham expliqua que les abos pêchaient debout dans des barques de troncs d'arbres évidés, avec une lance munie d'un trident.

— Ils ont un pousse-lance et visent le poisson dans l'eau. Mais quand tu ne connais pas : bonjour ! De dehors, tu vois le poisson ici, mais en fait, il est là. L'œil est trompé par le reflet de l'image dans l'eau.

Sue aurait bien parié, rien que pour voir la tête de Bill quand il aurait perdu son pari. Car Sue avait déjà péché à la lance harpon quand elle était gosse, de l'autre côté du golfe. Mais ils avaient décidé de reprendre la route le lendemain au lever du jour. Max était à Brisbane, et Brisbane était bien à trois mille kilomètres. Le plus dur ce serait pour rejoindre la route goudronnée à Alice Spring, après, Alice Brisbane ce serait du billard : deux jours de route.

Chapitre 28

Ils avaient rejoint Brisbane la veille au soir. En fait, ils s'étaient arrêtés dans la banlieue nord, où ils campèrent sur la plage de Sandgate.

Ce matin, ils étaient au cœur de la Cité, face à l'hôtel de ville, sur la place où la petite église rouge semble écrasée par le building blanc de la S.G.I.O, la compagnie d'assurance nationale. Ils étaient assis sur le rebord de pierre du bassin, illusoire sensation de fraîcheur communiquée par le jet d'eau.

Autant Sydney ressemble à une métropole moderne, autant Brisbane a conservé son allure de capitale victorienne, et ce, malgré les architectes progressistes qui la truffent d'imposants buildings de béton et de verre, au grand dam des conservateurs. Les Queenslandais sont très attachés au passé, cet État n'est-il pas d'ailleurs le seul d'Australie où les conservateurs ont gardé le pouvoir aux dernières élections.

Ils avaient acheté un plan de la ville, un "Grégory's" à l'allure de gros livre cartonné. D'après ce dernier et l'adresse fournie par Graham, ils n'étaient guère éloignés de la résidence de Max. Il suffisait de remonter Adélaïde Street et de tourner à gauche, pour rejoindre les hauteurs qui dominent "Roma station" : Le quartier de Spring Hill. Brisbane possède deux gares cul-de-sac non reliées entre elles, l'une sur l'autre rive, terminus de la ligne du N.S.W, qui relie Sydney capitale de cet État à Brisbane. L'autre la plus importante, celle de "Roma", dans la rue du même nom, d'où partent les liaisons ferroviaires Queenslandaises vers Cairns, terminus de la ligne à trois jours de voyage et plus de deux mille kilomètres. C'est donc sur le coteau dominant la gare que Max était censé demeurer. Ils récupérèrent le van au parking et s'acheminèrent vers ce quartier qu'ils voyaient à moins d'un kilomètre.

— Tu es sûre de l'adresse Sue ?

— Évidemment que j'en suis sûre ! Décidément vous deux, vous n'avez pas digéré qu'on vous accompagne, vous vouliez vraiment jouer aux petits soldats tout seuls.

Dans un sens, elle n'avait pas tort. Laurent et Josué avaient vainement essayé de les convaincre qu'elles devraient aller au cinéma ou faire les magasins pendant qu'ils se rendraient seuls à l'adresse indiquée. Il avait fallu toute la logique de Sue pour lui faire admettre que Max ne connaissait aucun d'entre eux. Il valait mieux qu'ils se présentent en couple, ce qui paraîtrait plus logique pour prétexter un sondage quelconque, et d'autre part, le fait que Sue parle l'aborigène pourrait éventuellement leur être utile. Après tout avait-elle dit, je peux passer lui apporter le bonjour de Graham ou de Bill. Laurent avait fini par se rendre à ses raisons. Ils avaient donc décidé que Sue et Laurent se présenteraient à l'adresse indiquée pendant que Lou et Josué, à quelques mètres, jouant les badauds, assureraient leur couverture.

— Alors qu'est-ce qu'on fait, tu viens ?

— C'est drôle, mais quelque chose ne me plaît pas. Faisons d'abord le tout du pâté d'immeubles pour repérer les lieux.

La maison dominait "Roma Station". En étudiant le coin, Laurent était certain qu'il devait y avoir une sortie possible à l'arrière de celle-ci dans la rue parallèle.

— Quel dommage que Graham n'avait aucune photo de Max dans son dossier, dit-il.

— Décidément tu es bien Français ! Vous et vos photos ! Ici nous n'en avons pas sur nos permis de conduire, la carte d'identité n'existe pas et tu voudrais que Graham en possède une ? Et la liberté de l'individu ? C'est ça, tout le monde s'en fiche !

— OK, OK, ne te fâche pas ! Josué ! Josué ! Je pense qu'il doit y avoir une éventuelle sortie arrière, pourrais-tu planquer là et assurer une filature si tu voyais la sortie d'un métis qui te paraîtrait suspect. Au fait, il est comment ce métis, Sue ?

— Comment ? Il est comment ? Je ne sais pas moi ! Graham a dit moyen, la trentaine.

— Bon ! Question couleur, on sait déjà qu'il est café au lait.

— Ça, mon vieux, il peut être café au lait comme tu dis, il peut être comme Wollonga, ou comme moi, les cheveux noirs ou blonds, les métis : pour savoir !

— Après tout, nous verrons bien. Allons-y. Sue, tu passes devant ?

— D'accord, mais où je frappe ? Regarde les boîtes aux lettres, il y a quatre flats dans la maison, et aucune boîte ne porte le nom de Max Molles.

Un coup de pot que ce ne soit pas un building de vingt étages. Ils décidèrent de frapper à chaque appartement jusqu'à ce qu'ils tombent sur l'intéressé.

— Hello ! dit Sue, excusez-moi de vous déranger ma sœur, le frère Andrew et moi-même appartenons à l'Église de "l'Assemblée de Dieu". Nous venons apporter la parole du Seigneur à nos frères. Pouvez-vous nous accorder quelques instants ?

— Bien sûr ! dit la brave dame à cheveux blancs, entrez ! Vous prendrez bien une tasse de thé ? Mais je dois vous prévenir que j'appartiens à l'Église des Mormons et que nous n'avons guère de chance de me convertir. Pendant un quart d'heure la vieille dame et Sue parlèrent de la Bible, se citant des versets, se renvoyant à d'autres. Laurent riait intérieurement : une véritable bataille de jésuite. Mais où donc Sue avait-elle appris tout cela ? Elle l'étonnait chaque jour davantage. Il manqua de pouffer de rire à l'idée que la vieille eut pu leur dire : Dieu vous bénisse mes frères, je suis moi-même une fidèle de l'Église de l'Assemblée de Dieu. Avec soixante-douze religions différentes en Australie, il y avait peu de chance que ce fut le cas se disait-il, au moment où la vieille dame s'adressait à lui :

— Et vous mon frère, qu'en pensez-vous ?

La tuile ! Il n'avait pas suivi la conversation. Il y avait un moment qu'il avait décroché, essayant de découvrir s'il y avait traces de la vie d'un homme dans cet appartement.

— Il faut excuser notre frère, ma sœur, enchaîna Sue avec un sang froid remarquable. Figurez-vous que depuis tout à l'heure il est perturbé d'avoir entendu dire des blasphèmes par un frère métis qui doit habiter le quartier.

— Un métis, Dieu soit loué ! J'espère qu'il ne s'agit pas du nouveau voisin qui vient d'emménager au-dessus, chez Maggy l'infirmière.

— Nous allons le savoir en y montant. Frère Andrew n'a pas trouvé de réplique sur le moment, mais maintenant il sait qu'il trouvera les mots justes pour convaincre cet homme de ses erreurs. Merci pour le thé, ma sœur, God bless You !

— Dieu vous bénisse aussi mes frères !

L'appartement du dessus devait être occupé. D'une radio coulait du rock jusque sur le palier. Sue frappa. La porte s'ouvrit sur une jeune femme en peignoir, la tête enveloppée d'une serviette-éponge.

— Excusez-moi, dit Maggy, je me lavais les cheveux. C'est pourquoi ?

— Bonjour, ma sœur, dit Sue, nous sommes des missionnaires de l'Église de l'Assemblée de Dieu. Le Pasteur Andrew et moi-même sommes…

— Entrez ! Ne restez pas sur le palier, dit une voix venant du séjour.

Max était assis dans un fauteuil à côté d'un jeune homme blond en tee-shirt et lunettes cerclées. Au mur des posters de John Lennon et des copies de Van Gogh. Le blond les détaillait, il les apostropha :

— Vous avez quelque chose à vendre ?

À la voix, ils surent que c'était lui qui avait crié d'entrer.

— Non, répondit Sue, Nous ne venons que converser avec nos frères pour essayer de ramener vers le Seigneur les brebis égarées.

— Hé bien ici, personne n'est égaré. Alors vous pouvez essayer ailleurs.

— Vous êtes certain que vous n'aimeriez pas parler avec nous des…

— Certain ! dit le blond, Salut !

Laurent et Sue ressortirent. Dès qu'ils furent dans la rue, ils rejoignirent Lou et Josué attablés au Milkbar opposé. Ils n'étaient pas plutôt assis, que le blond sortit de l'immeuble et vint acheter des cigarettes. Sue et Laurent évitaient de le regarder. Il s'approcha de leur table.

— Alors les missionnaires, on fait le travail à moitié ? Comment se fait-il que vous êtes ressortis sans frapper à la porte d'en face ? Vous êtes trop émotifs pour faire ce boulot, sans doute ?

Il les laissa sans réponse et repartit vers la maison.

— Ce con se fout de nous ! Mais il est vrai que nous avons commis une bourde en négligeant de continuer la prospection. Quoiqu'il en soit nous savons maintenant à quoi ressemble Max. Mais quel rôle joue ce blondinet ?

— Alors Laurent, que fait-on ? On kidnappe le métis ? Tu penses qu'il s'imagine que nous le recherchons ?

— Non, il n'a aucune raison de le penser. Il n'avait rien d'un homme inquiet, pas plus que Maggy ou le blond. Ce qui me surprend, c'est l'ironie de ce dernier. Pour l'instant, il nous faut attendre, les événements décideront pour nous. Nous verrons bien si Max sort seul.

Une heure passa. Maggy sortit dans sa blouse blanche d'infirmière, grimpa dans une Datsun 120 A, et démarra en direction du centre-ville. Dix minutes après le blond sortit à son tour et descendit à pied vers la gare.

— Josué, tu le suis de loin quelque temps au cas où il rebrousserait chemin. Lou, tu fais le guet. Nous montons voir Max.

Le métis sembla surpris de les revoir en ouvrant la porte. Laurent lui adressait son plus beau sourire et poussait doucement celle-ci, pénétrant naturellement, en douceur, dans l'appartement. Dès que la porte fut refermée derrière Sue, ce fut rapide : tout en souriant Laurent avait posé sa main sur l'épaule de Max en le regardant dans les yeux. L'autre main se posa à son tour sur l'autre épaule, et brusquement, d'une prise efficace Laurent rendait Max inconscient. Il le chargea sur son épaule, il n'était pas lourd. Ils sortirent ainsi jusqu'à la porte palière. Ils n'avaient croisé personne dans l'escalier. Sur le trottoir Sue et Laurent passèrent chacun un bras autour de ses épaules et le traînèrent ainsi entre eux, comme on le fait d'un ami qui aurait quelque peu abusé de boisson. Ils arrivèrent au van et le chargèrent à l'intérieur. Parmi les rares passants nul n'avait semblé remarquer le manège. Laurent mit le moteur en marche. Lou grimpa et le véhicule descendit vers la gare. Ils récupérèrent Josué qui remontait vers eux d'un pas tranquille.

— Le blond a pris un train de banlieue, dit-il.

Le van gagna Roma Street qu'il descendit jusqu'à Ann Street, tournant à droite dans celle-ci. Il déboucha sur le F.3, le "Riverside Expressway" qui descend en direction de la Gold Coast deux minutes après avoir quitté Spring Hill. Comme Sydney ou Melbourne, Brisbane étend sa banlieue sur des kilomètres. Le F.3 en construction s'arrêtait pour l'instant à Springwood où il rejoignait le Pacific Highway. Ils durent attendre de passer Tarragindi avant de pouvoir trouver une route qui s'enfonce dans "Toohey Forest Park". À force de s'engager vers l'intérieur, ils se trouvèrent dans une zone forestière tranquille. Laurent arrêta le van dans un chemin de traverse. Le métis commençait à retrouver ses esprits. Laurent lui massa la nuque pour aider sa reprise de conscience. Max réalisa soudain la situation et recula apeuré.

— N'aie crainte "mate", je ne vais pas t'endormir à nouveau, à moins que tu ne m'avoues être somnambule.

Max roulait des yeux effrayés. Évidemment s'endormir dans un appartement au cœur de la ville et se réveiller en pleine nature, cela avait de quoi surprendre.

— Voilà, dit Laurent, comme tu dois bien t'en douter, nous ne sommes pas des missionnaires. Le seul rapport avec Dieu, c'est la rencontre que tu risques de faire avec lui très bientôt si tu ne réponds pas à nos questions. Tu peux constater qu'aucun de nous n'est masqué, ce qui veut dire que si nous n'arrivons pas à nous entendre, il nous sera difficile de te laisser repartir pour aller donner notre signalement à la Police. Dans la tête de Max ça se bousculait. Ainsi ce n'était pas des flics. Mais qui étaient-ils ?

— Tu sais que Graham et Bill regrettent ton départ, dit Laurent.

— Vous venez de la réserve ? À voir sa tête, ça n'eut pas l'air de le soulager.

— Et sais-tu qui serait content de te rencontrer ? persista Laurent, ce cher inspecteur Mac Douglas. Tu as entendu parler de Mac Douglas à la télévision ? Non ? Cet inspecteur de Cairns qui perd bêtement ses policiers.

Max semblait diminuer à vue d'œil, entrer en lui-même, imploser.

— Ah ! Ces flics, dit Laurent, quel mauvais caractère ! Tu sais qu'ils n'aimeraient pas du tout savoir que tu leur caches des choses ? Mais n'aie crainte nous ne leur répéterons rien de tout ce que tu vas nous raconter.

— Oui, parce que tu en as des choses à nous dire, renchérit Josué qui jouait négligemment avec son navaja.

— Ce n'est pas tout ça, reprit Laurent, mais il va falloir faire vite si tu veux que l'on te ramène avant le retour de Maggy et celui du blondinet. Mais peut-être ne tiens-tu pas à retourner chez eux ?

Les yeux de Max allaient de l'un à l'autre. Il ne savait plus que penser.

— Vous allez me ramener ?

— Parole, dès que tu auras fini de causer. Alors, plus tôt on commence…

Dans le fond, c'était un causant le Max. Il n'arrêtait

pas. Cela faisait une demi-heure, qu'outre une ou deux questions pour préciser un point de détail, il était seul à tenir le crachoir. Il était à l'arrière du van entre Laurent et Josué. À l'avant, les filles plongées dans des bouquins semblaient se désintéresser de la conversation.

— Donc, dit Laurent, si je comprends bien, personne à Marina Plains n'a jamais vu ces deux hommes à part toi ? Et toi, ils t'ont abordé à Alice Spring quand tu y faisais l'une de tes liaisons mensuelles. Mais qui les avait adressés à toi ? Tu ne nous l'as toujours pas dit.

— Si je vous l'ai dit, c'est Jane ma sœur de Sydney.

— Ah ! Oui, celle qui travaille dans un pub de Military road. Comment il s'appelle déjà ce pub ?

— Je ne sais pas, elle ne me l'a jamais dit, je vous assure que je n'ai ni l'adresse ni le nom du pub.

— Des pubs à Sydney, il y en a tous les vingt mètres, et Military road doit faire cinq kilomètres Et si tu voulais la contacter ta sœur ? En cas d'accident, par exemple ? Comment ferrais-tu ? Tu sais que tu n'es pas raisonnable, je connais le sens de famille que tu dois avoir.

— J'ai juste le numéro de téléphone du pub.

— Hé bien tu vois que tu es raisonnable ! Alors tu sais ce que nous allons faire. Nous, on te reconduit en ville, on a tout oublié, on ne t'a jamais vu, et toi aussi tu nous oublies, d'accord ?

Le métis ne semblait pas y croire, il approuvait vivement de la tête. Laurent remit le van en marche et repartit en direction du Pacific hwy. Avant de rejoindre celui-ci, dès qu'il aperçut une cabine téléphonique, il stoppa.

— Avant, tu vas téléphoner à ta sœur pour lui dire que tout va bien. Que tu vas embarquer sur un "prawns trailer" faire comme tu nous l'as dit la saison de pêche à la crevette sur ce chalutier de Brisbane... Tu ajouteras que tu lui adresses deux amis à toi qui vont à Sydney. Tu lui dis tout ça en aborigène bien sûr, car on ne sait jamais, personne n'a besoin de savoir où tu vas. Tiens, Sue, prends de la monnaie et reste près de la cabine, tu tiendras la porte. Max était abasourdi. Il fit comme ils avaient convenu. Lorsqu'ils remontèrent dans le camping-car, Sue, d'un battement des paupières, fit signe à Laurent, que Max avait bien dit ce qu'il devait dire. Laurent remit en route, direction Brisbane.

Chapitre 29

Ils étaient étendus sur une petite crique de Yamba, près des rochers ciselés par la mer, au-delà de la piscine. Une curiosité ces rochers que l'océan transforme en roses des sables.

— D'après toi, questionna Josué, on ne va pas tomber dans un piège ? Tu crois que Max est régulier ? Tu ne penses pas qu'il aura prévenu quelqu'un après notre départ ?

— Non, dit Laurent, son histoire se tient. Sue a écouté la conversation, il a textuellement dit ce que nous avions convenu qu'il dise. D'autre part, le fait qu'il ait reconnu avoir touché un paquet de ces types pour prêcher contre le barrage, la peur qu'il a eue quand il a compris que c'était ces deux gars qui avaient dû descendre les flics, son départ pour se planquer d'eux précisément, et peut-être aussi des flics, sa cachette chez le pêcheur blond qu'il avait connu à Cairns, tout se tient pour affirmer qu'il a davantage peur des autres que de nous. Actuellement son seul souci est que tout le monde perde sa trace.

— Eh ! Bien... Il n'y a plus qu'à espérer que sa sœur soit aussi bavarde que lui, dit Josué. De toute façon après-demain nous serons à Sydney, nous verrons bien.

— En attendant, dit Lou, ça nous fait des vacances. Si les petits requins ne nous mangent pas, nous allons devenir des super-flics. Pour l'instant, je vais encore prendre un bain.

Depuis Grafton, c'est Sue qui conduisait ; Lou et Laurent sommeillaient à l'arrière. Josué, près de Sue, détaillait négligemment le paysage.

— C'est curieux, dit Sue, j'ai l'impression que nous sommes suivis.

Josué fut aussitôt sur le qui-vive, sans se retourner, il questionna Sue.

— Quelle voiture ?

— La troisième, la Holden beige station wagon.

Josué se pencha vers la portière, ainsi il était dans l'axe du rétroviseur latéral gauche.

— Je vois, dit-il. Sans se lever, il appela : Laurent !

— Hum !

— Laurent ! Réveille-toi, mais ne bouge pas. Sue pense que nous sommes filés.

Laurent était totalement réveillé, l'esprit en alerte, sans bouger, il tourna son regard vers la plage arrière du van.

— Laquelle ?

— Break Holden beige.

— Vu ! Il y a longtemps ?

— Je ne sais pas, dit Sue, au moins cent bornes. Je l'avais repérée à Port Macquarie quand nous avons fait le plein. Bien sûr, c'est courant ce modèle mais mon frère a eu la même.

— Tu as un frère ?

— Hé oui ! Pourquoi je n'aurais pas de frère ?

— C'est vrai, c'est idiot, pourquoi pas ? Excuse-moi, continue.

— Mon frère avait la même et il avait collé deux stickers du "Queensland Rugby League" sur les ailes, tout comme il y a sur celle-ci, et je me suis demandé si ce n'était pas la sienne. Alors j'ai regardé la plaque minéralogique, mais non celle-ci est immatriculée dans le New South

Wales. Dans une côte, j'ai ralenti pour admirer le paysage, j'ai fait attention à ne pas gêner la circulation car il n'y a pas souvent trois voies dans ces virages. Mais là, les deux voies étaient dans notre sens, donc, trois voitures nous ont doublés, sauf celle-ci, qui restait à égale distance. À l'entrée du dernier bled, elle était derrière nous, maintenant elle y est toujours, mais elle se maintient toujours en laissant quelques voitures entre elle et nous, moi ça ne me paraît pas catholique.

— Bravo, dit Josué, tu as un sacré flair.

— On va le savoir de suite, dit Laurent, arrête-toi à la prochaine aire de repos.

Ils virent un panneau presque aussitôt, annonçant un "rest-area" à dix kilomètres. Sue mit son clignotant bien à l'avance et s'engagea sur l'aire de repos. La Holden continuait sa route.

— OK, dit Laurent, dix minutes d'arrêt pipi. Josué, tu gardes un flingue à portée de main, je reprends le volant.

Ils étaient repartis depuis dix minutes, toujours pas de Holden en vue.

— J'ai dû me tromper, dit Sue.

Personne ne répondit. Chacun fixait la route en avant, dans l'espoir d'apercevoir la "station wagon".

— Peut-être s'est-elle arrêtée à la prochaine aire ? suggéra Lou. Ils étaient deux à bord quand ils sont passés, ça, je l'ai bien vu.

La route replongeait du sommet de la colline vers la mer en un lacis de nombreux virages. Comme ils atteignaient l'un d'eux, Laurent leva brusquement le pied, le van passa en frein moteur, presque aussitôt, il se mit à zigzaguer. Ils prirent le premier virage et avant le suivant Laurent avait réussi à stopper le véhicule sur le bas-côté. Ils descendirent. Le pneu avant était déchiqueté, ils roulaient sur la jante.

— Non, tu ne t'étais pas trompée. Si nous n'avions pas été sur nos gardes, nous risquions de faire un grand plongeon ! J'ai aperçu vaguement un bout de toit beige dans un sentier à droite. Heureusement que de ce van, la vue est plus haute que d'une berline, d'une berline je n'aurais rien vu. Il m'a semblé ressentir un choc dans la roue, j'ai levé le pied aussi sec. Un gars a dû nous tirer dans le pneu. Si je n'avais freiné avant le virage, nous risquions de sauter la marche.

— Putain la marche est haute ! fit Josué qui regardait la mer dans le contrebas de la colline abrupte.

— Au frein moteur, nous avons pu stopper sans dommage, à part le pneu et la chambre qui sont morts. Bon ! On change la roue.

— Tu n'as pas peur qu'ils nous tirent comme des kangourous, dit Lou ?

— Non ! Pas sur cette route passagère. La crevaison peut paraître accidentelle.

Ils changèrent la roue et repartirent.

— Ils ont un silencieux, demanda Sue ?

C'était plus une affirmation qu'une question, ils connaissaient tous la réponse.

— Alors ? questionna Lou, le Max nous a vendus ?

— Je maintiens toujours que non, dit Laurent, ce gars voulait se fondre dans la nature à tout prix.

— Que proposes-tu ? demanda Sue

Laurent ne répondit pas sur le moment, chacun essayait de comprendre.

— Je ne vois qu'une solution, dit Laurent. La fuite vient de la frangine. C'est elle qui avait adressé les deux gars à son frère. Supposons qu'elle leur ait dit : mon frère m'envoie deux personnes. Qu'ont fait les types ?

— Ils ont téléphoné à la réserve, tout bêtement, dit Sue.

— Exact ! Pour apprendre que Max était parti et que justement deux couples l'avaient demandé. Deux couples avec un van, ils ont dû dire qu'ils pensaient qu'il devait s'agir d'amis à eux, questionnement sur les couples, Graham qui n'avait aucune raison de se méfier a dû leur faire notre description et celle du van et leur dire que nous étions partis sur Sydney en passant par Port Macquarie car nous devions remettre de sa part un paquet à son beau-frère qui tient la station-service. Les types n'avaient plus qu'à planquer. À la station, quand tu as repéré la voiture, ils étaient en train de nous identifier.

— Bravo ! Alors maintenant la piste est coupée ?

— Pas forcément, ils n'ont peut-être pas fait part de leurs projets à la frangine.

— Sûrement pas, renchérit Josué, sinon c'était lui dire que son frère aussi risquait des histoires. Donc elle est toujours hors du coup. La piste tient toujours, elle doit encore être en contact avec les gars.

— À condition qu'ils ne l'éliminent pas avant notre arrivée !

— Ou qu'ils ne nous retrouvent pas plus loin, avant Sydney.

— Sue, il n'y a pas d'autre route pour Sydney ?

— D'ici ? Non !

— OK. On bourre. Si leur voiture veut nous doubler, pas question, ce coup-ci c'est nous qui attaquons. Il faut arriver au pub avant eux.

— Et s'ils téléphonent à la fille pour lui filer rendez-vous ailleurs ?

— Merde ! C'est l'os ! dit Josué. À la prochaine cabine, on téléphone les premiers.

Dès qu'ils aperçurent une cabine, Laurent stoppa.

— Sue, tu téléphones ! Josué tu surveilles la route ! Je garde le volant. S'ils arrivent, je fonce et je bloque la route.

Ils ne virent pas la voiture, par contre Sue revint la mine basse.

— Elle n'est pas ou pub. Elle a dix minutes de retard pour prendre son travail et ce n'est pas son genre d'après le patron. J'ai réussi à obtenir son numéro personnel après une grande offensive de charme, mais personne ne répond.
Ils redémarrèrent le moral au plus bas.

— Il est dix-sept heures quinze, dit Laurent, dans trois heures nous serons à Sydney. Inch Allah !

Chapitre 30

Il était vingt heures trente. Le "Oak" était plein à craquer. Les gens étaient agglutinés jusque sur le trottoir, la cour intérieure était pleine, les deux grandes salles aussi. Pour s'approcher du bar, c'était pire que pour aller marquer un essai chez les Wallabys. À force de coups de coude et de sourires, Sue et Laurent parvinrent au comptoir : immense, dix filles derrière qui ne chômaient pas.

— Jane ? demanda Sue.
— Laquelle ?
— Jane Moles.
— Dans l'autre salle, si elle est arrivée ?

Rebelote, deuxième mi-temps. Ils finirent par atteindre le comptoir.

— Jane ?
— Elle n'est pas là, répondit la fille.

Ils blanchirent.

— Qu'est-ce que vous buvez ? Elle n'en a pas pour longtemps, elle donne un coup de main à la cuisine pour préparer les salades.

Ouf ! Soupir de soulagement. Ils commandèrent deux XXXX.

— Il n'y en a pas bananas !

Bananas, c'est le surnom des Queenslandais à Sydney, un surnom légèrement péjoratif pour les habitants du nord où poussent les bananiers.

— OK, deux Toohey's.
— Une fille traversait entre deux portes. La serveuse l'appela :
— Jane, c'est pour toi !

Jane avait dix assiettes sur les mains.

— Je viens !

Elle disparut dans la cuisine. Deux minutes plus tard, elle arrivait. Laurent ne put s'empêcher de l'admirer, métis comme Max, mais plus claire...

— Oui ? demande-t-elle.

— On a besoin de te voir tout de suite, dit Laurent. Nous venons de la part de Max.

— Ah ! C'est vous ? Max m'a prévenu, revenez à onze heures trente à la fin du service, maintenant c'est impossible.

Elle repartait.

— Reviens ! C'est la vie de Max qui est en jeu, dit Sue en abo.

Jane se retourna, elle restait médusée, bouche ouverte.

— Tu parles Yalanji ?

— Oui, dit Sue, je parle la langue, moi aussi je suis métis, mais il faut que nous parlions tout de suite, c'est urgent.

— Bon ! Passez ou fond, le couloir où l'on passe commande pour le snack. Je vous rejoins là !

Dès qu'ils purent franchir la foule, ils atteignirent le couloir.

— Entrez ! dit-elle.

Elle les fit passer dans une réserve pleine de salades et de légumes, mais au moins, ils étaient seuls.

— C'est urgent, dit Sue, tu as envoyé deux hommes voir Max il y a quelque temps. Et hier ou avant-hier, tu leur as fait part du coup de fil de Max.

— Ah ! sourit Jane, tu veux parler de Jack ?

— Jack et l'autre.

— Oui Jack et Harry, ce sont des amis.

— Jane, nous n'avons pas le temps de t'expliquer. Ces deux hommes sont des assassins. Ils recherchent ton frère qui se cache d'eux. Tout à l'heure, ils ont essayé de nous tuer sur la route.

Elle roulait des yeux incrédules, les regardait les uns après les autres, stupéfaite.

— Mais vous êtes fous, c'est impossible ! Sortez, je ne veux rien savoir de vos histoires !

— Jane, dit Sue en abo, crois-tu que je trahirais ma sœur ? Crois-tu que je souhaiterais irriter les esprits ? Max, mon frère m'a envoyée vers toi pour que tu saches. Ces deux hommes ont assassiné deux policiers dans le Queensland.

— L'affaire de Yellow-point ?

— Oui, ils ont cherché à nuire à la tribu.

— Mais, mais, c'est impossible ! Au contraire, ils voulaient empêcher la construction du barrage, c'était pour protéger l'arbre sacré.

Décidément, se dit Laurent, on a beau être une pin-up à Sydney, on n'en reste pas moins ancrée dans ses croyances tribales.

— Non, on te racontera, mais tu es en danger, s'ils te trouvent avec nous, ils sont capables de te tuer aussi.

— C'est impossible, pas Jack, non, non.

Elle recommençait à nier, ne savait plus qui croire. Pour l'empêcher de penser, il fallait agir.

— Où donne cette fenêtre ? demanda Laurent, sur la rue ?

— Oui, mais elle est grillagée, on ne peut pas sortir par-là, et puis, je ne peux pas quitter mon travail maintenant en plein boum.

Laurent ouvrit la fenêtre. Elle était bien grillagée. Il

la referma aussitôt.

— Tu viens avec nous voir ton patron, tu lui annonces que ton frère a eu un grave accident, que nous partons de suite. Tu marches devant moi, ne t'écarte pas, si tu aperçois Jack ou son acolyte, tu me fais signe.

Ils sortirent du pub et rejoignirent Josué, Lou et le van, non sans avoir bousculé quelques clients, encore que devant Jane, ils s'écartaient comme ils le pouvaient pour faciliter le passage. Seules les serveuses arrivaient à se mouvoir dans cette marée humaine. Sitôt dans le van, Laurent demanda :

— Jack : sait-il où tu habites ?

— Ben ! Évidemment, dit Jane, puisque nous vivons ensemble.

Surprise générale. Ainsi Jack était le boy-friend de Jane !

— Tu ne vois pas que je sois tombée sur lui quand j'ai téléphoné !

— Tu ne risquais rien, il était derrière nous, mais depuis, où sont-ils ?

— Où habites-tu Jane ?

— À Paddigton.

— Tu es en voiture ?

— Non, justement, ma voiture est en panne, du coup je suis arrivée en retard ce soir.

Lorsqu'ils arrivèrent dans ce vieux quartier remis à la mode, la rue aux petites maisons victoriennes semblait déserte.

— Il y a une venelle derrière ? demanda Lou.

— Oui, bien sûr.

Josué retourna au carrefour, tourna devant le "white heart pub" et s'enfonça dans le noir.

— OK ! Tu as ta clef ? Vas-y, ouvre !
Ils entrèrent. Jane avait allumé le couloir.
— La porte du fond donne sur la venelle ?
— Oui, dit-elle.
Laurent fit signe à Lou d'aller ouvrir. Josué qui avait vu la lumière s'allumer était là. Il entra, refermant derrière lui. Ils pénétrèrent dans l'appartement qui était adorable et minuscule. Par un escalier étroit et quasi vertical, Laurent accompagna Jane au premier étage où se trouvaient les chambres à coucher. Ils redescendirent presque aussitôt.
— Nous avons la réponse à une question précédente, dit Laurent. Nous savons où étaient les autres. Ils étaient ici. Jane était médusée, pas la moindre trace de l'existence de Jack. Tout avait disparu, son linge, son rasoir, ses quelques bouquins, son radiocassette : tout. Dans la chambre opposée sous-louée à Harry, c'était la même chose : vide, aussi impersonnelle qu'une chambre de maison de passe. Jane restait abasourdie.
— Alors c'est vrai ! dit-elle.
Elle s'assit à la table et fit signe aux autres de se servir dans le frigo. Sue s'assit à ses côtés et lui passa le bras autour du cou. Jane appuyait sa tête sur l'épaule de sa voisine, imperceptiblement Sue balançait son torse de gauche à droite, une mélopée douce et lancinante montait de sa gorge, tout doucement, puis s'amplifiait. C'était un air curieux et répétitif, une chanson abo qui surprenait dans cet endroit. Jane inconsciemment, se mit à rythmer la cadence à l'unisson. Laurent fit signe aux autres. Ils prirent chacun une Toohey's dans le frigo et allèrent s'asseoir dans le petit salon pour boire leur bière, comme gênés d'être des intrus devant ce moment hors du temps duquel ils se sentaient exclus. Comme tous les étudiants australiens, Jane payait ses études

en travaillant. Cet emploi dans le pub ne l'empêchait pas de préparer une licence d'histoire et c'est ce mélange de deux cultures en elle qui surprenait Laurent. Comment, se demandait-il, peut-on se sentir à la fois membre de la tribu et étudiante de l'Université de Sydney ? Mais il faut croire que Jane s'en accommodait fort bien. Sue et elle les rejoignirent dans le mini-salon.

— OK, dit Jane, si nous causions ?

Ils lui firent un récit détaillé de toute l'histoire.

— Vous êtes sûrs que Max ne risque rien ?

— Ça m'étonnerait que Jack et son copain s'adressent à la réserve et, de toute façon, Graham ne dirait rien. Ils ont dû se faire passer pour des amis à nous pour questionner Graham à notre sujet, mais sur nous, celui-ci n'avait aucune raison de se taire. Donc nous sommes les seuls qui pourraient leur donner l'adresse de ton frère et nous n'en avons pas l'intention. Par contre, nous aurions bien aimé retrouver ton boy-friend et il semble que cette fois le lien soit coupé, car évidemment, tu ne sais pas où il a pu aller ?

— Aucune idée, dit Jane.

— Cherche bien le moindre indice qui aurait pu te marquer. On ne vit pas avec quelqu'un sans laisser échapper quelques confidences, même insignifiantes. Comment les as-tu connus ?

— À l'Université, lors d'un meeting pro-abos organisé par les écologistes.

Laurent suggéra que l'on aille manger un morceau pour se changer les idées. Ils allèrent au restaurant libanais tout proche.

— Ce soir, vous n'aurez qu'à coucher à la maison, dit Jane, je serai plus tranquille, et puis ça vous permettra de prendre une douche. Vous y serez mieux pour dormir que dans un van en pleine ville.

Ils changèrent les draps, Lou et Josué prirent la chambre d'Harry, Sue, Jane et Laurent se serrèrent dans le double lit de Jane. Heureusement c'était un King size, on y tenait trois à l'aise. Laurent se serait bien couché entre les deux femmes, mais Sue d'autorité, s'était accaparée la place du milieu. Il comprit pourquoi lorsqu'à d'imperceptibles mouvements, il réalisa que les filles faisaient l'amour entre elles. Ce côté bisexuel n'était pas pour lui déplaire, et il envisageait de participer aux ébats lorsque Sue d'elle-même vint l'y inviter. Sue ou Jane, car dans le noir, il sentait deux corps le caresser, deux bouches le chercher sans pouvoir discerner qui était qui. Ils passèrent deux heures d'amour fou. Puis Jane alluma, se rendit à la salle de bains. Elle avait un corps splendide. Sue et Laurent, chacun son tour, se rendirent sous la douche en déplorant qu'elle ne fût pas assez grande pour la prendre en commun. Il était une heure du matin, ils étaient en pleine forme et ne semblaient pas vouloir céder ou sommeil. Jane qui était descendue, remontait avec du thé et trois chopes.

— J'ai repensé à quelque chose, dit-elle, je connais peut-être un point de chute de Jack.

Sa voix était calme et ni Sue ni Laurent ne pouvait discerner dans ses propos les sentiments qu'elle éprouvait pour lui. Seule Sue, sans doute plus proche en pensée, devait savoir qu'elle ne pouvait accepter une telle trahison et que Jack avait été rayé d'un trait de son cœur, quels que pussent être les sentiments passés à son égard. Jack était maintenant un étranger pour elle, pire : un ennemi.

— Puisque nous n'avons pas sommeil, laissons dormir Lou et Josué et faisons-y un saut si ce n'est pas loin, dit Laurent.

Ils se rhabillèrent. Laurent épingla un mot sur la porte et ils prirent le van.

— C'est dans Glebe Road, dit-elle, après le Toucan. Là ! Tournez à droite ! Voici le bâtiment. Jack m'a dit qu'il avait logé là chez des amis à lui.

C'était un vieil immeuble en pierre de quatre étages, massif et carré. Dans le couloir, huit boîtes à lettres. Ils lurent les noms un à un.

— Rien qui me dise quelque chose, murmura Jane.

— Moi si, dit Laurent, regardez celle-ci : J.A. Fairbanks, Trade commissionner office, U.S. Embassy. Curieux, non ? Un gars du service commercial de l'ambassade américaine qui demeure dans cet immeuble ?

Il était deux heures du matin, le quartier dormait, et ce, malgré quelques voitures qui passaient en grondant, changement de vitesse à l'approche du carrefour tout proche. Ils décidèrent de retourner se coucher et regagnèrent Paddigton.

Chapitre 31

Au matin, Josué et Lou avaient préparé le breakfast. Le service était prêt quand ils s'éveillèrent à six heures : côtelettes de mouton, toasts, jus d'orange, thé, marmelade et œufs au plat. Chacun mangea de bon appétit puis ils formèrent un conseil de guerre. Sue était partisane de refaire le coup des missionnaires, Laurent l'en dissuada, prétextant qu'ils avaient été repérés à la station d'essence de Port Macquarie suivant ses dires même. Elle en convint.

— On pourrait téléphoner, dit Lou, qui avait trouvé le nom de Fairbanks dans l'annuaire.

— Et pour dire quoi ? Non, il faut y aller et se planquer dans le coin, mais ça risque de durer, rien ne prouve que Jack soit là.

Jack au moins, on savait à quoi il ressemblait. Jane avait une photo prise à la plage de Bondi où elle figurait avec Jack, Harry et une autre femme en monokini.

— Je suis d'avis qu'on se partage la planque sur trois jours là-bas et aussi à l'ambassade américaine, plus exactement à leur délégation commerciale.

Ils firent ainsi. Josué et Lou allèrent à Glebe Road tandis que Laurent et Sue foncèrent à l'ambassade pour arriver avant l'ouverture des bureaux. Jane allait tout simplement à ses cours, elle avait décidé de ne rien changer à ses habitudes pour ne pas donner l'éveil, mais elle les avait assuré qu'elle ferait bien attention et promis à Laurent qu'elle ne resterait jamais seule pour éviter toute surprise. Le soir, elle irait au pub comme à l'accoutumée. Au pub, elle ne craignait rien, à l'Université non plus, sur un appel d'elle, elle aurait foule pour la défendre si besoin était.

La journée se passa en planque, fatigante, épuisante, pour rien. Le soir, ils décidèrent de ne pas sortir et Josué alla acheter des pizzas. Ils mangèrent chez Jane et regardèrent un film à la télé sur Canal 7. Le lendemain matin, à l'initiative de Laurent, ils reprirent leur planque dès sept heures en intervertissant les rôles.

— Ainsi, dit Laurent, puisque nous avons tous repéré les gens qui sortaient et entraient des deux immeubles, si nous retrouvons les mêmes ou un seul d'entre eux à l'autre endroit, il est probable qu'il nous intéressera.

C'est ainsi qu'à huit heures trente, Josué repéra un grand blond à l'allure sportive qui pénétrait au consulat et qu'ils avaient vu la veille sortir de l'autre immeuble. À treize heures, il sortit prendre un lunch au fast-food d'à côté pour remonter une demi-heure après. À quinze heures, rien de nouveau.

— OK, dit Josué, on fait comme convenu, tu vas là-bas, Lou, et tu signales le blond à Laurent.

Comme Lou s'apprêtait à partir, ils aperçurent le blond qui sortait en compagnie d'une grande fille à lunettes. Ils décidèrent de les suivre. La filature se termina au bar du Hilton.

— À mon avis, ils attendent quelqu'un, dit Josué. Ils n'ont pas l'air d'amoureux. L'homme regarde souvent sa montre et l'entrée qui donne sur George Street.

Gagné ! L'arrivant, c'était Jack. Il s'assit sur le bord d'une chaise. Le blond lui remit une enveloppe qu'il empocha aussitôt et s'éclipsa. Josué et Lou le prirent en filature.

— À cette heure-ci, s'il prend un taxi, dit Lou, on est bon pour le perdre !

Par chance, il marcha jusqu'à Martin Place et

s'engouffra dans le métro. L'un traînant les deux autres, ils allèrent jusqu'à Bondi Junction, trois stations, terminus de la ligne. Puis le blond pénétra dans le Plazza Motel. Ils virent le réceptionniste prendre au tableau la clef de la chambre 212.

— Lou, fonce là-bas, j'attends ici. Si par hasard, il partait avec armes et bagages, je prendrais la filature et téléphonerais chez Jane, j'ai son numéro. Point de rencontre, chez elle.

Lorsque Lou revint avec Sue et Laurent, Josué était toujours dans le hall.

— Les filles, vous planquez là, nous montons.

Au 212, ils sonnèrent, la porte s'ouvrit presque aussitôt. À voir l'incrédulité qui se peignit sur son visage, ils eurent confirmation que Jack attendait quelqu'un, mais que ce n'était certainement pas eux. Profitant de l'effet de surprise, ils pénétrèrent dans la chambre et refermèrent la porte sans quitter le locataire des yeux. Celui-ci avait dû être interrompu dans sa correspondance par le coup de sonnette car des papiers étaient étalés sur son bureau. Il surprit le regard de Laurent et sembla s'affoler.

Devinant qu'il allait réagir, Laurent fut sur lui d'un bond et l'étendit d'un tranchant net de la main sous la base du nez. Il s'effondra, inconscient. Sans rien dire, Josué se mit à le ficeler avec la corde des rideaux et lui posa un bâillon. Laurent était plongé dans les papiers. Comme il finissait de les lire, on frappa à la porte. Ils se postèrent derrière celle-ci, qu'Harry franchit. Sa surprise en les voyant fut égale à celle de son acolyte. Lui aussi fut promptement mis hors circuit avant d'avoir pu réagir. Ils fouillèrent l'appartement par acquit de conscience, mais à l'exclusion des documents et d'une somme de vingt mille dollars dans une enveloppe de papier kraft qu'ils découvrirent dans la penderie, il n'y avait rien d'intéressant.

— Comment les sortir d'ici discrètement ? demanda Josué.

— Ça me paraît bien impossible, rétorqua Laurent. Et pour en faire quoi ?

— Ces fumiers ont tout de même assassiné Didier et les deux flics de Cairns, tu ne vas quand même pas les décorer ?

Chapitre 32

Ils ne les décorèrent pas. Le matin suivant, une femme de chambre découvrit l'accident : l'occupant de la chambre 212 s'était électrocuté dans sa baignoire. Un autre homme, sûrement un de ses amis venu lui rendre visite peu de temps après le drame avait dû découvrir l'accident, et voulant lui porter secours, s'était lui-même électrocuté. C'est du moins la déduction qu'en fit la police d'après la disposition des corps et l'avis du médecin légiste. Pour l'instant on n'avait pas encore identifié les malheureuses victimes. Suivaient un rappel de prudence et les dispositions à prendre en pareil cas.

C'est Lou qui venait de lire à haute voix l'article du Sydney Morning Hérald. Laurent qui surveillait les réactions de Jane en fut pour ses frais. Elle était restée impassible. Elle avait même demandé :

— Quelqu'un veut-il un peu plus de thé ?

Ils étaient assis tous les cinq dans le séjour de Jane. Lou avait refermé le journal. Personne n'avait demandé à consulter la page des spectacles. Une sorte de pudeur tacite les empêchait d'aborder le sujet. L'information c'était l'information. Maintenant Jack était mort une seconde fois dans la mémoire de Jane.

— Et ces documents ? Ça vous a appris quoi ? questionna Sue.

— Rien que nous ne sachions déjà, répondit Laurent. À savoir que le coup de la mine bidon avait bien été préparé par nos deux lascars, que ce sont bien eux qui ont assassiné Didier qui avait découvert la supercherie, eux également qui ont descendu les flics pour éloigner les Chinois du secteur, et eux enfin qui ont voulu nous éliminer sur la route.

— Donc, affaire classée, dit Lou. Cette fois, nous allons avoir droit à de vraies vacances.

— Oui, affaire classée, dit Laurent, affaire classée si l'on s'en tient aux exécutants. Le problème, c'est qu'ils ont agi sur ordre. Le problème, c'est qu'ils ont été payés pour ça, mais il reste la tête !

— Ah ! Non ! Dit Lou, Oh ! Non ! C'est un vrai roman à suspense ton histoire. Et la tête, ce serait qui ?

— C'est ça le hic, beauté ! Va falloir trouver…

Sue s'était lovée tout entière dans le fauteuil, en position fœtale. Elle ressemblait à un animal sauvage : douce d'apparence et les sens exacerbés à l'intérieur. Laurent ne put s'empêcher de la comparer à Jane : même insensibilité apparente, même flamme guerrière dans les yeux. L'hérédité, ça existe pensa-t-il, des lignées de chasseurs ne se bousculent pas pour rien dans leurs chromosomes. C'est Sue qui rompit le silence.

— D'après tes documents, qui est derrière tout ça ? Qui paye ? Les Américains ?

— Oui. Ce que ces papiers nous apprennent, c'est que les Américains ont, en effet, payé pour que les Chinois ne puissent pas exploiter le futur chantier du barrage, si barrage il y a. En les discréditant pour essayer d'accaparer une hypothétique mine d'uranium, on les empêchait à jamais de s'installer dans le coin.

L'ouverture des relations commerciales entre l'Australie et la Chine ne plaît pas à tout le monde. En couvrant l'assassinat des deux flics, on allait loin, mais qu'est-ce que la vie de deux hommes face à "la raison d'État", bien que personnellement j'appellerai plutôt ça le profit de l'oncle Sam. Seulement, le minerai venait de

Minatone et là, il va falloir savoir qui travaille pour les Ricains, et qui là-bas ou ici a monté toute l'opération.

— En fait, cette prétendue affaire d'escroquerie, ce n'était pas simplement de l'escroquerie, mais une opération d'intox bien montée par des spécialistes. Ça me rappelle quelques coups foireux de la CIA que ces salauds nous ont tendus au Vietnam.

— Oui, nous avons deux pistes pour démarrer. La Société Minatone à Townsville, et le blondinet du bureau des affaires commerciales américaines ici, le contact de Jack, l'homme qui lui a remis les vingt mille dollars.

— Moi, quelques jours à Sydney, j'aimerais bien, dit Lou.

Chapitre 33

Lady Jane Beach, à la pointe de Vaucluse, au pied du camp militaire qui garde l'entrée de la baie, avait été, il y a quelques années, la première plage naturiste de Sydney. Maintenant que la pudeur avait fondu comme neige au soleil, que Bondi, Manly, et bien d'autres lui avait emboîté le pas, que le topless se pratiquait partout, Lady Jane était moins fréquentée, mais elle gardait néanmoins le charme de sa crique tranquille et le snobisme nostalgique de ses habitués.

James Arthur Fairbanks, Trade commissionner officer au bureau commercial du consulat américain, entretenait son bronzage sur le gros rocher plat à côté de la minuscule cascade servant de douche. À ses côtés, son ami de cœur, Dave Wilson, lisait le "Nation Revue", il parcourait les pages d'annonces. "Gay recherche Gay pour liaison sentimentale, téléphone... Couple cherche partenaire homme ou femme... " Heureusement James n'était pas jaloux. Depuis deux ans bientôt que Dave était en Australie, il appréciait la toute dernière liberté des mœurs. C'était presque Frisco. Non, quand même pas. À San Francisco, on allait jusqu'à pratiquer des mariages d'homosexuels, mais enfin, rien de comparable avec la pudeur de Boston où il s'était emmerdé ferme pendant six mois.

Une barque à moteur accostait sur la plage comme chaque jour : le marchand d'ice-cream. Deux adorables femmes brunes jouaient au ballon près du rocher, lorsque celui-ci, échappé de leurs mains, roula vers lui et que la plus proche vint le quérir, elle lui adressa un regard incendiaire. De la provocation non déguisée. Une invite muette à l'amour. C'est vrai qu'il était bien proportionné, Dave était narcissiquement fier de son corps d'éphèbe. L'invite muette du regard flatta son orgueil. S'il était homosexuel, il était aussi bisexuel et parfois les femmes ne lui déplaisaient pas, surtout quand elles avaient des allures garçonnières et un corps de nymphe gracile. Il lui rendit son sourire et désigna James du regard, comme pour s'excuser, James qui justement dans la décontraction d'un demi-sommeil, avait emprisonné sa main dans la sienne. La fille sourit, eut un léger haussement d'épaules que Dave interpréta comme un : dommage ! Et elle rejoignit sa compagne. Elles repartaient maintenant vers l'autre extrémité de la crique tout en jouant ou ballon sur la grève.

— Alors, demanda Sue ?
— Je crois que si son ami n'avait pas été là, c'était bon, dit Jane, je ne pense pas lui déplaire.

Tous les week-ends, il en est de même au "Sea Food Restaurant" de Vaucluse : la queue ! Une queue au soleil qui peut durer plus d'une heure, pour obtenir le privilège de déjeuner à ce restaurant réputé. Par hasard, James et Dave se retrouvèrent à ta table voisine de Sue et Jane. Un hasard qui avait coûté cent dollars de pourboire à Laurent. Dave avait commandé une bouteille de vin blanc, du "Blue Nun".

— Je ne connais pas grand-chose en vin, dit Jane, en s'adressant à Dave, il est bon celui-ci ?
— Pas mauvais, dit Dave, tenez, goûtez. Passez-moi votre verre.

Rien que très banal ces contacts entre voisins de table, en Australie, on lie très facilement connaissance.

Ils finirent le repas à la même table, par humanité avait déclaré Sue, par pitié pour les pauvres gens qui faisaient la queue. Il était indécent de s'approprier deux tables de quatre personnes quand on pouvait en libérer une. Ils furent remerciés par les arrivants. Deux hommes mûrs et une jeune femme. Ces derniers tenaient absolument à concrétiser leur reconnaissance, en offrant une bouteille.

Quel hasard ! Des Américains ? Justement André avait un beau-frère, le mari de sa sœur, qui travaillait à la Nasa. Ah ! La Nasa, le génie de l'homme, Messieurs, la gloire du peuple américain libérateur du monde. C'est comme ça qu'on en était ou champagne, les toasts pour honorer l'Amérique, le champagne pour honorer la France, pays d'André, dans ce qu'elle avait, elle, de gloire : les plaisirs de la table.

James était un amateur d'art, il visitait régulièrement les musées de Sydney, et les nombreuses galeries qui y éclosaient (poussaient) comme des champignons. On parla peinture et voyage, et... Vietnam, mais comment déjà, la conversation avait-elle glissé sur ce sujet ? Ah oui ! James avait vanté l'exposition des tapisseries d'Aubusson, collection de Peter Stuyvesant qu'il avait vue à Sydney. De là, on avait parlé dessins sur soie, puis dessins chinois et Josué avait indiqué qu'il avait rapporté d'Indochine des broderies de soie sans prix.

— Vous avez été ou Vietnam ?

— Oui, dans l'armée française. Ah ! Quel pays magnifique ? Et quel dommage que votre aide si généreuse n'ait pas permis de conserver ces territoires dans le giron du monde libre.

Et voilà ! À quatre heures si James et Dave n'étaient pas fin saouls comme des cochons, ils étaient quand même bien gais et ne voulurent pas laisser repartir ainsi leurs nouveaux amis. D'autant que ceux-ci, du moins Lou, la fille qui les accompagnait, s'était découverte un lien de parenté éloigné avec Sue, l'une des deux femmes qui leur avait cédé la table.

La flemme de reprendre le petit sentier qui conduit à Lady Jane ou l'incertitude de le franchir sans chute, on décida de bronzer ensemble une heure de plus, ici même, sur la plage de Watson Bay. À dix-huit heures, les trois groupes se séparèrent en se donnant rendez-vous à dix-neuf heures trente pour souper ensemble au " La Pérouse ", le restaurant français de Military Road à Neutral Bay. Les deux Américains s'excusaient d'imposer leur choix mais ils avaient déjà donné rendez-vous là à d'autres amis.

— Alors, questionna Laurent ?

— J'ai la cote, dit Jane, je ne pense pas que James soit jaloux, mais dans le fond, j'aime autant qu'il soit là, ça tempère Dave. Par contre, je crois que James apprécie ta vision de l'art, et que tous les deux nous ont en effet trouvés tous biens sympathiques. Pouvait-il en être autrement de grands admirateurs de la libre Amérique ?

— Oui, tu ne crois pas quand même qu'on en a rajouté un peu trop ?

— C'est bien parce que vous êtes des compatriotes, dit le chef.

C'était peut-être aussi parce que d'entrée Laurent s'était extasié devant le diplôme accroché au mur et qui certifiait que Guy Le Mouel, ex-chef de chez Maxim's, avait été reconnu meilleur ouvrier de France.

— Oui, c'est parce que c'est vous. Ça fait plaisir de servir des connaisseurs, seulement vos copains américains, ils avaient réservé pour six, alors cinq de plus ! Vous voyez la grandeur de ma salle !

On avait quand même réussi à transformer la table de six en une pour onze, juste comme James et Dave arrivaient.

— Ah ! firent ces derniers, nous avions peur. Nous avons téléphoné après vous avoir quitté mais le patron n'avait pas l'air de pouvoir accepter d'autres "booking". Heureux que cela se soit arrangé.

Quatre nouveaux arrivants les rejoignirent. Dave fit les présentations. Sue, Lou, Jane, André, Jo, Margaret, c'était la grande fille à lunettes qu'ils avaient vue en compagnie de James sortir du consulat, Philippe, un homme mûr, plutôt petit et grassouillet, Kim, une blonde évaporée au décolleté sur la ceinture, pâle imitation avinée de Marylin Monroe, et Winston, un grand gaillard bronzé et velu qui semblait échappé de "la planète des singes".

Le repas était délicieux, seule Kim qui paraissait n'avoir aucune vocation pour l'art de la bouche, aurait bien volontiers troqué ses plats pour un hamburger s'il avait été arrosé de whisky. Rien de tel qu'une bonne chère et une soirée dans un cadre agréable pour resserrer les liens. On se trouva des points communs. Il faut dire que parler voyages, mer, bateau, peinture ou bons mots, ne prédisposait pas à des querelles byzantines. Le patron avait conseillé un vieux calva, ce qui était pour un breton, un honorable effort de sa part, concession du gastronome à ses voisins normands, et banderilles chauvines au flanc de l'Amérique.

C'est pendant qu'ils dégustaient le calva que Philippe essaya pour la seconde fois d'aiguiller la conversation sur la politique. Laurent qui le voyait venir, esquiva d'une pirouette.

— S'il vous plaît, Philippe, évitez-nous de tels sujets, c'est d'ailleurs le travers majeur de mon peuple que je ne peux supporter.

Margaret vint à la rescousse.

— C'est vrai que l'on a coutume de dire : "mettez deux Français ensemble, ils parlent de femmes ou de voitures, ajoutez-en un troisième, ils créent un nouveau parti politique."

— Bien vu, dit Laurent, qui s'esclaffa avec les autres, pour moi, renchérit-il, tout ce qui est sujet de discordance est à proscrire. Le seul sujet sur lequel j'arrive à entamer une polémique c'est lorsqu'on aborde le bien-fondé ou non du surréalisme.

Les femmes décidèrent que l'on ne pouvait terminer ainsi la soirée. Elles se retrouvèrent toutes d'accord pour aller danser à l'hôtel Hilton. Ce qui fut fait. À quatre heures du matin, lors des séparations euphoriques, rendez-vous fut pris pour le midi au "Waterfront restaurant", celui qui domine le port de Sydney.

Lou n'arrivait pas à dormir, peut-être parce qu'elle avait bu plus que de coutume. Elle descendit boire un jus d'orange. Laurent était assis dans le séjour, un Perrier à la main, louant l'heureuse initiative de cette société française qui s'imposait sur le marché australien. Le ciel était rouge sang. Cinq heures. Le jour se levait.

— Pas sommeil ?

— Non, répondit-il, et puis, je n'aime pas ces mélanges d'alcools. Ces Américains, quels gouffres !

— Surtout la fausse Marylin, tu as vu ce qu'elle peut

picoler ! Tu veux un autre Perrier ?

— Non merci. Je vais essayer d'aller dormir un peu... À mon avis, il y a un type qui détonne un peu dans le lot : Wilson, le gorille, il n'est pas à sa place avec les autres.

— Oh ! Tu sais, entre compatriotes on n'est pas tellement regardant sur les affinités profondes, c'est plutôt histoire de récréer une ambiance chauvine. Ici, nous avons l'habitude avec les Grecs, les Italiens, et tous les immigrés de tout genre, même les Français, encore que vous, vous restez terriblement individualistes. De toute façon, le gorille n'est là que de passage, tout comme Philippe qu'il est venu accompagner à Sydney. D'après ce que j'ai compris, je crois qu'ils viennent de la base stratégique américaine de Pine Gap dans le North Territory.

— Ah bon ?

— Oui, il a échangé quelques propos avec Margaret, disant qu'il chaperonnait Philippe et qu'ils devaient profiter de leur brève escale pour se défouler un peu avant de rejoindre le désert.

— Évidemment, si ces types vivent cloîtrés dans la base d'écoute U.S., perdue en plein désert central, ils ne doivent pas rigoler tous les jours.

— Comment as-tu trouvé Margaret ?

— Pas mal, j'ai un copain qui résumerait ça vulgairement en te disant : baisable. Je trouve qu'elle a du charme et qu'elle est physiquement bien faite, une élégance raffinée, ce qui est de moins en moins rare maintenant parmi ces grandes filles américaines longues et effilées.

— Je crois que tu as la cote avec elle.

— Ah bon ! Pourtant, rien ne m'y aurait fait penser dans ses attitudes, à quoi as-tu remarqué ça ?

— Aux regards fréquents qu'elle jetait sur toi. Et

puis, à un moment, au dancing, comme je revenais des toilettes, je l'ai entendu dire à Philippe qu'évidemment ce serait un plaisir pour elle de te connaître mieux.

— Elle a dit : un plaisir pour elle de me connaître mieux ?

— Oui.

— Et sur quel ton ? C'est tout ce que tu as entendu ?

— Oui, d'ailleurs, ils se sont arrêtés de parler quand ils m'ont vu passer.

— Es-tu sûre qu'il ne s'agissait pas d'un ordre ? Par exemple que Philippe ne lui aurait pas donné l'ordre de devenir ma maîtresse et qu'elle lui donnait son accord en donnant son avis sur la chose ?

— Maintenant que tu dis ça... Oui, après tout, ça pourrait cadrer, mais tu sais, une phrase hors de son contexte, c'est comme des statistiques, tu lui fais dire ce que tu veux.

— Ouais.

— Toujours est-il maintenant que j'y pense, c'est surtout après cette conversation avec Philippe qu'elle ne cessait pas de t'épier du regard.

— À part ça ? Tu n'as rien remarqué d'autre ?

— Non, si ce n'est-ce que tout le monde aura pu constater, que James et Dave forment un petit couple très tendre, que Kim est une arsouille bébête, rien quoi... Si ! Pour en revenir à Margaret, elle a été à Townsville il y a deux mois.

— Tu en es sûre ? Comment l'as-tu appris ?

— Elle a répondu au gorille, quand ils ont échangé quelques propos, alors qu'il parlait du danger des araignées dans le désert, qu'il y avait du danger partout, qu'elle avait vu un gamin mourir, il y a deux mois, piqué par une "Jelly

Fish", ces méduses mortelles à Magnetic Island, et Magnetic Island c'est en face de Townsville, à une demi-heure de bateau.

— Remarque, Magnetic Island, Green Island, Lezard Island, toutes ces îles sont des lieux de tourisme après tout, pourquoi n'y serait-elle pas allée en vacances ?

— Et pourquoi y aller justement pendant la saison où il est interdit de se baigner à cause des méduses ? Moi j'aurais choisi une autre époque de l'année ! À moins qu'elle y soit allée pour emmerder Dave !

— Comment ça ?

— Oui, pour le rendre jaloux mais pour ça, il faudrait que James soit aussi bisexuel que Dave, et ça, ça m'étonnerait, il est résolument gay.

— Parce qu'elle y était avec James ?

— Oui, je ne te l'avais pas dit ?

Chapitre 34

Le dimanche midi, "le Waterfront restaurant", c'était le rendez-vous de la High society, comme le restaurant tournant en haut de la Tour de Centre Point était celui des touristes, ou le Franchies d'Oxford Street était celui des musiciens. Laurent était de mauvais poil. Cela ne lui était pas familier, mais il n'avait dormi que deux heures, avait des brûlures d'estomac et arrivait mal, lui qui pourtant adorait ce pays et ces gens à se contenir aujourd'hui pour ne pas critiquer leurs coutumes. Attention, se sermonna-t-il, ne soit pas intolérant : c'est le pire des défauts. Pourtant, il avait bien eu envie d'envoyer paître le garçon qui arrivait avec la carte des vins. Lui qui d'ordinaire se moulait dans toutes les cultures, acceptait mal aujourd'hui cette coutume australienne de commander le vin dès qu'on arrive, sous la pression des garçons qui vous sautent dessus comme un pavé à la tête d'un flic, et ceci avant même d'avoir vu le menu. Mais après tout le vin ne tient-il pas le rôle que joue l'apéritif en France, vu qu'ici c'est une coutume récente d'en consommer ?

De fait, Dave qui avait commandé du blanc de Moselle australien déjà livré par le garçon remplissait les verres à la ronde. Laurent eut envie de lui dire : excusez-moi, en bon français, j'ai coutume de commander les vins en fonction des plats que je choisis. Mais il se retint de toute remarque et se fit promesse de se surveiller. Cette rébellion lui prouvait qu'il n'était pas dans le meilleur de sa forme, raison de plus pour se contrôler doublement. Aussi sourit-il à la ronde, se forçant à la gaieté, racontant même deux histoires drôles. Il constata soudain que si Philippe se tenait à sa gauche, Margaret était assise à sa droite. Il n'avait pas remarqué comment cela s'était passé. Décidément, pensa-t-il, je n'ai même pas réalisé la manœuvre, il va falloir être doublement sur le qui-vive. Dave suggéra le baramundi : un poisson fin et prisé en provenance du Queensland.

— Vous connaissez le Queensland, André ?

Margaret avait négligemment posé la question, fixant sur lui un regard angélique.

— Je connais peu l'Australie, mais je ne demande qu'à mieux connaître. Si je trouvais un guide expérimenté et qui plus est, possède des yeux tels que les vôtres, j'irai visiter le monde. Vous connaissez vous-même une grande partie de l'Australie ?

— Non, hélas. Je bouge très peu. Je travaille au consulat et nous avons peu de vacances. En fait, nous avons pour la plupart dans mon service un contrat de deux ans et c'est à l'issue de celui-ci que nous avons droit à trois mois de congé, que nous passons pour la plupart au pays. Aussi, à part une semaine par an ici, et les "longs week-ends," compte tenu des distances immenses, ça nous laisse peu d'opportunités pour découvrir ce continent.

— On m'a dit que Melbourne ou Adélaïde étaient très culturelles, vous y êtes allée ?

— Non, pas à Adélaïde, j'ai juste passé un long week-end à Melbourne mais c'est vrai que la vie y est animée.

— Vous fréquentez beaucoup de Français à Sydney, André ?

Ça y est, au tour de l'autre, maintenant, se dit Laurent, il se tourna vers Philippe.

— Du tout, si je vous disais que je ne connais rien de français à Sydney et que je n'y tiens pas.

— Pas même l'Alliance Française ? Il y avait pourtant tout dernièrement une belle exposition de litho de Bonnefoit, vous qui êtes peintre.

— Pas même, et j'ignore où est située l'Alliance Française.

— Oh ! Vous voyez où est le BRGM ?

— Le quoi ?

— Le BRGM ! Le Bureau de Recherches Géologiques et Minières, c'est une société française, vous ne connaissez pas ?

— Pas du tout !

In petto, Laurent se dit : tu aurais pu ajouter qui possède la Société Minatone à Townsville.

— Caltex House ?

— Ça oui, à l'angle du pont de Sydney, c'est écrit en gros sur le building, on ne voit que lui en pénétrant dans la cité en provenance de la rive nord.

— Bien, et bien, Caltex House est dans Clarence St. le BRGM est juste un peu après, et sur le même trottoir à l'autre bout de la rue, dans le dernier pâté d'immeubles avant "Town Hall", l'hôtel de ville, vous avez l'Alliance Française. Il y a d'ailleurs une crêperie à l'entrée. Mireille, la patronne est française et ses crêpes sont divines.

— Merci du tuyau mais vous voyez, je suis ignare.

— Philippe a raison, c'est dommage que vous n'ayez pas vu l'exposition de Bonnefoit. Vous connaissez sûrement ce peintre français ?

— Bien entendu, d'ailleurs Cathy, son meilleur modèle est une de mes amies. Dès mon retour en France, je lui ferai part de son succès à Sydney, ça lui fera plaisir.

— Vous rentrez bientôt ?

— Dans une ou deux semaines sûrement, à moins

qu'une quelconque sirène ne me capture dans ses filets. C'est vraiment dommage Margaret, que vous ne disposiez pas de plus de congés.

— Maggy, ma chérie, ça fait deux fois qu'André t'offre d'utiliser tes services de guide, si j'étais toi, je serais flattée.

— Philippe, sache que les Français font toujours des compliments par politesse. Ça fait partie de leur éducation, s'ils ne faisaient pas la cour à une femme, ils auraient l'impression de manquer à tous leurs devoirs, c'est comme si un Anglais oubliait de t'offrir le thé.

— Si j'admire votre peuple, vous n'avez pas l'air d'apprécier le mien, Margaret ?

— Désolée, je vous prie de m'excuser si je vous ai froissé, ce n'était pas dans mes intentions, pour me faire pardonner, je suis prête à vous faire visiter Sydney. Il se trouve que cette fin de semaine, nous avons jeudi et vendredi off, réorganisation des services. Aussi, je suis prête à vous les consacrer si cela me procure votre pardon et si votre girl-friend n'y voit aucun inconvénient.

— Je n'ai pas de girl-friend, darling.

— Ah ! Je pensais…

— Oui ?

— Je pensais que Lou et vous…

— Lou ? Non, c'est l'amie de Josué, moi je suis un homme libre et de bonnes mœurs.

— OK, alors ma proposition tient toujours.

— Accepté. Mais peut-être pourrions-nous déjà pour en parler davantage, nous retrouver tous les deux demain soir pour souper ?

— Demain, heu… impossible, désolée vraiment, mais disons, mardi ?

— Va pour mardi, où et à quelle heure ?

— À dix-neuf heures au bar du Hilton, ça vous convient ?

— J'y serai. Excusez-moi, Philippe, j'ai quelque peu négligé votre conversation, vous êtes vous-même à Sydney pour longtemps ?

— Non, je repars mardi matin.

Chapitre 35

À dix-neuf heures, Margaret retrouva Laurent au Hilton. Il dégustait un Jack rose et la vit arriver débouchant par l'escalier roulant en provenance de George Street en contrebas. Il était arrivé deux heures à l'avance car il tenait beaucoup à obtenir cette table, celle-là même où Margaret et James avaient rencontré Jack. Il se leva à son approche, lui recula galamment le fauteuil afin qu'elle puisse s'asseoir et se rassit à son tour.

— Vous êtes, non, vous seriez, si c'était possible, encore plus belle de loin que de près, je vous regardais arriver vous découpant sur le contre-jour, une apparition de déesse !

— Votre côté artiste sans doute ? Je préfère cela à de plats compliments de dragueur.

— Mon côté artiste, bien entendu. Vous savez que j'ai choisi cette table avec précaution, c'est la meilleure de tout le bar, d'ici l'on a une vue à la fois sur les gens qui arrivent de George Street en contrebas et sur ceux qui entrent par Pitt Street à ce même niveau. Comme j'ignorais de quel côté vous arriveriez, j'ai pensé que cette table était un lieu d'observation idéal. Savez-vous que vous êtes adorable habillée ainsi, mais si ! Mais si ! Je connais bien des Parisiennes qui vous envieraient cette magnifique robe de fausse simplicité, quelle classe !

— Yves st Laurent, la boutique à côté.

— Que buvez-vous ?

— Bacardi and coke.

— On s'australianise ? Rhum blanc et coca-cola, c'est presque devenu une boisson nationale.

— C'est aussi une boisson nationale chez nous.
— Alors vous américanisez l'Australie ; je bois à votre conquête.
— Qu'entendez-vous par-là ?
— Et vous ?
— Avec les Français, on ne sait jamais. Cela pourrait vouloir dire : à la conquête de l'Australie par l'esprit américain, mais aussi à votre conquête, vous Margaret, par moi, André ?
— Décidément, vous connaissez bien les Français.
— Décidément, oui. Parce que naturellement c'était cette deuxième version, la bonne ?
— Vous en doutiez ? Savez-vous que j'adore ces grands fauteuils confortables, ils prêtent à l'intimité, aux confidences, aux rendez-vous discrets. Ah ! S'ils pouvaient causer, que de secrets nous révéleraient-ils…
— Vous pensez à quoi au juste ?
— Pourquoi ? Vous n'aimez pas rêver sur le mystère des choses ?
— Je ne vous pensais pas rêveur, André.
— Qui n'a pas un défaut à sa cuirasse ? Bien, ce n'est pas : "devine qui vient dîner ce soir", mais : "devine où nous allons dîner ce soir ?"
— Vous avez réservé ?
— Je pense que c'est plus prudent, vous m'avez dit que vous aimiez la cuisine française, mais le "La Pérouse" samedi soir, j'hésitais à récidiver, et le sort a décidé pour moi ; le mardi c'est leur jour de fermeture. Ce sera pour demain soir, si vous êtes libre. Ce soir j'ai pensé au Saïgon. Vous aimez la cuisine asiatique ?
— J'adore, mais j'avoue que je ne connais pas ce restaurant.

177

— En fait, ce n'est pas un restaurant chinois, mais vietnamien, tenu par un ancien ambassadeur de Saïgon en exil et il n'est pas non plus situé dans "Chinatown" mais dans Oxford St. après Taylor Square.

— Pour quelqu'un qui ne connaît pas Sydney, vous ne vous débrouillez pas mal. Par contre demain soir, pas de restaurant français, demain soir, c'est moi qui invite, vous viendrez souper chez moi.

— Aux chandelles ?

— Toujours André, je mets toujours des chandelles, mais c'est pour utiliser mes chandeliers en cristal, j'adore le cristal.

— Vous habitez Double-Bay ?

— Pourquoi, je fais snob ?

— Du tout, je pensais que ce quartier chic vous convenait.

— Double Bay : double paye. Trop cher pour moi mon vieux, non, tant qu'à faire des dépenses, j'ai préféré un penthouse à Balmain.

— Non ? Vous avez pu trouver ça ? Ça ne doit pas courir les rues ?

— En effet, question de chance, un ami à moi qui l'a laissé en quittant Sydney.

— J'adore cette idée de petite maison avec terrasse sur le toit d'un building, c'est plus original que Paddigton ou les villas de Rosebay.

— Et si je vous disais que j'y ai aussi une petite piscine ?

— Non, mon rêve ! Un bain de minuit…

— Trop tôt, il n'est que huit heures. Si nous allions souper ?

Le restaurant méritait bien les éloges dont Josué

l'avait paré aux oreilles de Laurent : petit cadre douillet, dix tables, ambiance chaude et feutrée, repas princier, à l'asiatique : pas par la profusion mais par la qualité des mets, la diversité des goûts, l'escalade des arômes. Josué avait par avance demandé à Monsieur Yang de bien vouloir honorer son ami et son invitée. Ceci en vietnamien, ce qui lui avait valu une considération sans borne du patron, considération qui maintenant se répandait sur Laurent et son hôte. Chose peu courante pour un restaurant vietnamien, le Saïgon était un restaurant licencié, ainsi pas besoin d'aller commander des boissons alcoolisées au pub voisin, ce qui pour Laurent semblait d'un incroyable mauvais goût. Il ne supportait pas les B.Y.O.

Se mettre à table à vingt heures trente et y être encore à vingt-trois heures, c'est en Australie chose rare. Li Yang avait tenu à ce que ses hôtes lui fassent l'honneur de goûter son saké. Un vrai prestidigitateur, ce Vietnamien, Laurent n'y voyait rien, et pourtant suivant en cela les directives de Josué, chaque fois qu'il remplissait le verre de Margaret de son fameux saké, celui de Laurent se trouvait empli d'eau. Et par six fois Laurent n'avait aperçu qu'une seule bouteille dans les mains du patron. D'accord, il a de grandes manches, mais quand même ! Laurent en était médusé, mais il évitait d'attirer l'attention de Margaret sur le tour de passe-passe et l'entraînait sur les chemins des souvenirs de cinémathèque. Ils parlaient cinéma. Elle, parlait surtout, aiguillonnée d'un mot par-ci, d'un mot par-là, par un Laurent sachant bien que plus l'on parle avec le saké, plus la cuite est profonde.

À vingt-trois heures trente, elle finissait son douzième verre et demanda à rentrer. Laurent régla la note et remercia le chef. Ils s'étaient mis en rang pour les saluer, lui, sa femme, son adorable fille et ses deux garçons. Margaret était aux anges. Arrêter un taxi à Sydney aux alentours de minuit, c'est chose facile : ils se suivent. Elle donna son adresse, s'assit près de Laurent à l'arrière et appuya sa tête sur l'épaule de celui-ci...

— Je crois que j'ai trop bu !

Laurent la prit dans ses bras et elle lui offrit ses lèvres. Si ce n'est pas le même baiser qui les lia le trajet durant, les pauses entre eux furent de courte durée.

Il paya le taxi pendant qu'elle cherchait sa clef. L'ascenseur les emporta jusqu'à l'appartement. Une clef ouvrait la porte de l'ascenseur qui donnait directement dans le séjour. Adorable. Une maison de poupée australienne : grandes baies donnant sur la terrasse, elle-même dominant le port, moquette bouclée montant jusqu'aux chevilles, divans et coussins longs et profonds. Il ne put en voir plus, elle l'enlaçait et l'embrassait à pleine bouche, d'un pied sur l'autre, elle se débarrassait de ses chaussures qu'elle projeta à tour de rôle au loin. Elle était sur la pointe des pieds, les bras enlacés autour de son cou, puis elle lâcha sa bouche pour se laisser glisser le long de son corps, comme un ourson le long d'un arbre. Elle était maintenant à genoux devant lui. D'une main experte, elle faisait glisser pantalon et slip et s'emparait avidement de son sexe gonflé, qu'elle enfouit goulûment dans une bouche tiède. Elle semblait vouloir l'enfouir jusqu'au plus profond d'elle-même. Elle pratiquait des mouvements rapides de succion, puis le sortit de sa bouche pour l'admirer, et d'une langue experte, elle le titilla, navigua le long du filet bleu et revint sur le gland, enfouit à nouveau le sexe entier en elle, se pressa contre ses jambes. Consciente du plaisir qu'elle lui donnait, elle s'arrêta soudain. D'un mouvement rapide, elle défit la fermeture de sa robe, enleva celle-ci d'une main experte. Elle ne portait qu'un minislip. Elle se releva pour l'enlever.

— Viens ! Déshabille-toi !

Elle l'aida à quitter sa chemise. Nus maintenant tous les deux, ils roulaient sur la moquette, ses seins étaient durs et fermes, la pointe des tétons noircis comme deux gros raisins de Corinthe. Elle couvrait son corps de baisers. Comme Laurent voulut la pénétrer, elle roula sur le ventre.

— Prends-moi comme ça !

Elle relevait ses fesses qu'elle avait fermes et tendres à la fois, et les tendit vers lui en une offrande muette. Il lui embrassait les épaules, le dos, la nuque, là où la peau a la saveur du miel et la douceur du cachemire. Elle saisit son sexe qu'elle dirigeât elle-même en ses fesses cambrées. De sa main glissée sous elle, elle se masturbait de deux doigts agiles.

— Oui ! Elle avait crié pour accompagner la pénétration de Laurent. Il était en elle. À grands coups de rein, elle s'empalait à l'extrême sur cette hampe qui fouillait ses chairs. Ils jouirent ensemble, dans une osmose de plaisir, dans le bref éblouissement du coït. Son corps se détendit, elle se retourna vers lui, se pelotonna dans ses bras, cherchant à fondre les deux corps. Ne bouge plus ! Elle faisait un gros câlin, lui embrassait le cou, lui mordillait les oreilles, puis elle s'endormit ainsi, détendue, décrispée, insouciante, heureuse, presque aussi naïve qu'une enfant.

Le soleil du matin les trouva ainsi enlacés, nus sur la moquette. Ils s'éveillèrent ensemble. Margaret se leva pour préparer le petit-déjeuner. Laurent en profita pour prendre sa douche. Lorsqu'il sortit de la salle d'eau, le repas était préparé sur une table de jardin trônant près de la piscine.

Elle n'avait pas menti, elle possédait bien une piscine. Elle avait eu le temps d'effectuer quelques brasses, son corps était encore parsemé de gouttes d'eau.

— Un véritable trésor cet appartement à Sydney.
— N'est-ce pas ?
— À quelle heure prends-tu ton service ?
— Neuf heures seulement. Nous avons le temps de déjeuner calmement et de prendre un bain. Quelque chose ou quelqu'un t'attend ? Non ? Si tu veux, tu peux m'attendre ici, je serai de retour à seize heures quinze, seize heures vingt. Je ne peux pas te laisser le double de mes clefs, c'est un ami qui les a et si tu veux sortir en tirant simplement la porte qui se verrouillera, les clefs te seraient indispensables pour entrer.

Chapitre 36

Les enfants aujourd'hui, vous déjeunerez sans moi, je suis invitée.

— Rendez-vous galant, Jane ?

— Figurez-vous que Dave vient de me téléphoner pour m'inviter, j'ai rendez-vous à midi, je dois le retrouver au Menzie's Hôtel.

— Tu n'as pas cours, cet après-midi ?

— Non, ni mercredi prochain d'ailleurs. Et vous ? Un programme prévu ?

— Moi, je vais à la plage, dit Sue. Si Josué et Lou veulent profiter de mon autobus.

— Ça va, ça va, on va t'emmener avec le van, répondit Josué.

Jane descendit du bus dans Georges Street, il allait à Circular quai. Elle traversa par le passage animé de Wynyard Station, la station centrale de métro, et rejoignit le Menzie's hôtel par la sortie qui donne dans York Street. Il était midi dix lorsqu'elle arriva au bar de l'hôtel. Dave l'attendait.

— Décidément, ma chère, vous êtes née pour porter la toilette, non que votre corps bronzé ne souffre la moindre critique, mais vous avez un sens inné de l'élégance.

— Mais ce n'est qu'un simple pantalon et un chemisier de confection, je pourrais vous retourner le compliment.

Dave souriait, sûr de lui, ses blonds cheveux pâles semblaient plaqués comme un casque, un foulard rouge négligemment noué autour du cou, retenu par une chaîne d'or s'harmonisait à une pochette du même rouge.

Chemisette et pantalon de lin écru, souliers blancs vernis surhaussés d'une minuscule griffe Cardin à l'extrémité d'une fine languette, gourmette en or et montre extra-plate du même métal, briquet Dupont qu'il manipulait avec plaisir d'une main comme pour le couvrir de caresses, porte-documents de cuir fauve dans l'autre.

— Je vous propose un lunch léger en tête-à-tête et je vous réserve une surprise pour après le repas.

— La surprise, c'est quoi ?

— Voyons ma chère, si je vous le dis maintenant ce ne sera plus une surprise. Venez, passons à table.

Deux assiettes de poisson fumé. Rudy, le légionnaire-cuisinier autrichien de Port Douglas démarrait bien son entreprise de poisson fumé et la vieille recette qu'il utilisait donnait au poisson australien un fumet délicat. Deux rocks melon fourrés de fruits exotiques et deux minibouteilles de Perrier. C'était à la fois léger et suffisant pour un lunch en cette saison chaude.

— Et maintenant, cette surprise ?

— Venez, je vais vous offrir une piscine pour vous seule, vous verrez c'est merveilleux. Un endroit de rêve.

— C'est chez vous ?

— Non, c'est une amie qui me fait profiter de son appartement, un penthouse, une maison individuelle avec terrasse et piscine sur le toit d'un building neuf de Balmain qui domine la rade et le port, un paradis miniature.

Laurent avait sommeillé quelques instants sur le matelas de bain du bassin, s'était prélassé dans l'eau tiède, avait admiré un long moment l'animation du port, l'hydroglisseur et les ferries traversant la baie, la silhouette de l'opéra bâti sur le front de mer et à l'architecture de voile qui lui donnait l'air d'un grand bateau prêt à l'envol. Il avait fureté dans l'appartement et s'était allongé sur la moquette, relisant "Tim", un roman de Colleen Mac Cullough, l'auteur de "The Thornbirds", les oiseaux se cachent pour mourir.

Bien que plongé dans sa lecture, il entendit l'ascenseur s'arrêter à l'étage. Instinctivement, il regarda sa montre : quatorze heures quinze. Margaret lui avait annoncé son retour de deux heures plus tardif. Pourtant l'ascenseur était bien là et il n'y avait pas d'autres locataires à l'étage puisque la porte de l'ascenseur donnait directement dans le séjour où l'on ne pouvait pénétrer qu'avec une clef spéciale qui débloquait la double porte. Il entendit parler derrière celle-ci. D'un bond, il fut dans la chambre voisine où il avait laissé ses vêtements.

Communier dans un naturisme partagé sur la place et se présenter nu dans l'appartement d'une dame, ce n'est pas la même chose. Il avait repoussé la porte de la chambre et s'habillait rapidement lorsqu'il reconnut la voix de Jane.

— Oh ! C'est vraiment ravissant !

— N'est-ce pas ? Et encore vous n'avez rien vu, venez admirer le panorama !

Mais qu'est-ce que Dave venait faire ici, et pourquoi Margaret n'avait-elle pas dit que c'était à ce dernier qu'elle avait confié son autre trousseau de clefs ? Laurent ne savait que penser. Son instinct le poussa à ne pas se montrer, il serait toujours temps de prétexter qu'il s'était assoupi sur le lit.

— Venez, dit Dave, nous allons nous baigner.

Il se déshabillait avec élégance, posément, tout ce qu'il faisait semblait l'être avec aisance. Jane se déshabilla à son tour. Ils plongèrent dans la piscine. Laurent les entendait rire, il les voyait par l'entrebâillement de la porte. Ils étendirent leur nudité sur la terrasse, offerte aux rayons du soleil. Il suffit de cinq minutes pour les sécher. Dave pénétra dans l'appartement.

— Venez !

Jane le suivit. Il la prit brusquement dans ses bras et la colla à lui. Il l'embrassait farouchement.

— Savez-vous que je vous désire depuis que je vous ai vue à la plage ?

— Mais James ?

— James n'est pas jaloux et d'ailleurs, cela fait partie de notre contrat. Il serait plus contrarié si je courtisais un jeune garçon.

Ils s'étaient allongés sur la moquette, curieusement approximativement à l'endroit même où Margaret et Laurent s'étaient couchés la veille. Il lui embrassait les yeux, la gorge, les seins, le ventre, fouilla son sexe de sa langue. Jane semblait y trouver un plaisir évident.

— Attends, dit-il, il se leva et se rendit à un placard mural encastré. Directement dans la partie haute, il s'empara d'un objet que Laurent ne reconnut pas sur le moment. Il revint vers Jane. Au bruit, Laurent su qu'il était allé quérir un vibromasseur. Il s'en servait pour la masturber, puis au bout de quelques instants, comme elle prenait du plaisir à ses caresses, il lui glissa dans la main pour qu'elle s'en serve elle-même. Il continuait à embrasser et caresser son corps. Lorsque les yeux fermés Jane avait pris le rythme de sa propre masturbation, accordant le vibro à ses propres désirs, il se releva pour retourner au placard. Laurent, toujours en position de voyeur, et quelque peu gêné de l'être, se dit : pas si bisexuel que ça le Dave, il n'a pas le sexe glorieux. Dave revint du placard avec un paquet ; au passage, il ferma la grande baie vitrée en faisant coulisser l'immense panneau de verre. Il ouvrit la boîte et en retira des lanières et des chaînes, des fouets et des cordes.

— S'il te plaît, darling, ne bouge pas, j'ai des goûts bizarres, je sais, mais tu vas voir comme c'est bon. Laisse-moi t'enchaîner, tu seras mon esclave docile, livrée à l'amour de son chevalier, tu seras la marquise d'O, tu seras ma douce colombe. Il lui remplissait les oreilles de mots et de baisers tout en emprisonnant doucement poignets et chevilles dans des menottes. Celles-ci étaient reliées à des cordes au bout desquelles une autre menotte se fermait sur quatre points d'ancrage de l'appartement, deux tuyaux et deux anneaux. Les longueurs des cordes avaient été calculées juste.

— Mais tu es fou voyons ! Dave ! Que fais-tu ? Enlève-moi ces choses ridicules !

Toute à son plaisir, elle n'avait réalisé sa position que lorsqu'il emprisonna son dernier poignet, le droit, celui avec lequel elle promenait le vibro sur son sexe.

— Trop tard, ma belle, trop tard.

Il ne souriait plus. Jane le regardait avec surprise, écartelée, sexe entrouvert, frustrée de son plaisir, étonnée. Soudain elle réalisa vraiment qu'elle était prisonnière et eut peur. Sans doute à cause de la dureté qu'elle découvrait maintenant dans les yeux de Dave.

— S'il te plaît, Dave, Dave, ne sois pas ridicule, détache-moi !

— Non, ma belle, trop tard. Tu croyais pouvoir t'offrir gentiment un beau garçon comme moi, n'est-ce pas ? Détrompe-toi, ma belle, tu vois, tu ne me fais même pas bander. Ne crois pas que je ne puisse pas aimer une femme, mais pas une négresse, car tu es une négresse, ma jolie. Il avait pris un fouet à la main. Il tournait autour d'elle, les yeux brillants, la gorge sèche.

— Non, je ne vais pas salir mon sexe dans toi, je ne vais pas le souiller, mais je vais le contenter, il va grossir de plaisir sous tes cris, car tu vas crier, tu vas hurler. Oui, n'aie crainte, personne ne t'entendra...

— Mais Dave tu es fou, s'il te plaît, d'ailleurs quelqu'un va venir.

— Non, cet appartement, c'est celui de Maggy. Oui, de Margaret, elle travaille jusqu'à seize heures, nous ne serons pas dérangés. D'ailleurs, cette idiote n'imagine pas à quoi peut me servir son appartement.

— Mais pourquoi soudain cette haine, Dave, qu'est-ce que je t'ai fait, je croyais que je te plaisais ?

— Je vais te dire ce que tu m'as fait ! Tu as voulu me séduire, non pas parce que je suis beau, mais pour me séduire, salope ! Négresse !

Un coup de fouet claqua, marbrant le corps de Jane d'une ligne rouge qui partait sous le sein gauche, traversait le ventre en diagonale et terminait sur la cuisse droite. Elle cria, hurla :

— Non ! Non ! Assez !

— Tu as raison, pas trop à la fois, la douleur endort, il faut doser. Oui, tu as voulu me séduire, négresse, pour savoir qui de nous avait commandé ton jules, ton misérable julot qui s'est fait bêtement refroidir par tes copains. Oui, tu es surprise, hein ? Salope !

Le fouet claqua à nouveau, nouvelle ligne qui brûlait les chairs exactement parallèle à la première, cinq centimètres plus bas. Jane cria à nouveau.

— Tu crois que nous avions gobé l'histoire de l'électrocution ? Et les vingt mille dollars où étaient-ils partis ? Non, ma belle, nous ne sommes pas idiots. Pas comme toi, sinon tu aurais dû te douter que l'on n'emploie pas des gens sans se renseigner un peu sur leur entourage. Ainsi dans le dossier que j'avais fait constituer sur Jack, il y avait ta photo. Eh oui ! Tu figures dans le dossier darling, tu vois, nous sommes organisés. Ces cons de Ricains que l'on pense endormir en flattant leur chauvinisme…

Clac ! Le fouet à nouveau. Un nouveau cri plus long, plus aigu, cette fois la marque faisait une croix avec les deux premières. Dave tournait le dos à Laurent, il s'accroupit pour chercher un autre fouet dans la boîte. Laurent entrouvrit promptement la porte, un doigt sur les lèvres. Jane, face à lui, cria d'étonnement. Dave leva le regard sur elle, étonné de son cri, tourna la tête pour regarder derrière lui. Rien ! Il avait un fouet de cuir, une lainière étroite à la main. Jane cria à nouveau, le regard tourné vers lui :

— Non ! Plus de fouet, j'ai mal !
Dave sourit.

— Ce n'est rien, darling, ce n'est qu'un début. Tu vas goûter celui-ci.

— Mais pourquoi ne m'expliques-tu pas ? Pourquoi tout ça ? Je ne comprends rien à ton histoire, rien du tout.

— Ah ! Non ? Jack n'était pas ton amant ? Et Max, ce n'est pas ton frère ? Tu ne connais pas ce faux cul qui a disparu, ce métis ? Sale noire !

Autant pour éviter les coups que pour l'inciter à parler, elle l'interrogea.

— Mais comment as-tu su ?

— Ah ! Tu ne nies plus ? Tu nous pensais idiots, pauvre conne ! Ah ! Tu veux savoir, et bien tu vas savoir car après tu mourras. Tu as peur de la mort, négresse ? Crois-tu que tu vas rejoindre le peuple du rêve dans ses légendes ?

Oui ! Nous avions besoin de deux hommes de main, ça se trouve toujours des hommes de main, alors on a recruté Jack et Harry : Des consciencieux, ces deux-là. C'est Philippe qui a eu l'idée. Un jour en week-end de repos à Magnetic Island, il a fait la connaissance d'un ingénieur de Minatone, un Australien de source italienne dont le frère était en Amérique. Moins bien réussi le frère, dans la truanderie de bas étage, en prison pour racket. Nous lui avons fait faire un casier judiciaire tout neuf et il a pu immigrer en Australie, en échange de quoi l'ingénieur était à notre dévotion. C'est moi qui ai conçu l'opération quand Philippe m'a parlé de cet italo. C'est moi aussi qui ai fait faire un dossier sur Jack. Ce n'est que ce matin que je l'ai consulté de nouveau et que j'ai compris, que je t'ai reconnue. Je l'ai apporté avec moi pour te confondre dans le cas où tu aurais renié la vérité. C'est pour ça que je t'ai invitée aussitôt. Tu vois, je prends des décisions rapides. Je n'ai personne à qui en référer, parce que ce petit Dave que tu comptais bien baiser, c'est lui le grand chef ici, darling. Et oui ! Le chef d'antenne, ce n'est ni James ni le consul, ni personne d'autre que Dave. Fortiche le Dave, sous ses petits airs insignifiants, n'est-ce pas ? Et tes copains français ne sauront rien, ni même Margaret qui a ordre de confier son logement à ma discrétion. Elle ignore ma venue et c'est tant mieux, car cette idiote semble être tombée amoureuse d'André. C'est bien une femelle, encore celle-là ! Non, personne ne sait que nous sommes là. Je t'aurais invitée pour un bain et tu te seras bêtement noyée. Quel accident regrettable !

— Avec mes marques de fouet ?

— Touché ma belle ! J'allais commettre une bévue. Tu as raison, ce n'est plus possible maintenant, guère plus qu'une chute de la terrasse. Dommage ! J'aurais aimé régler cela discrètement et l'idée d'une mort par noyade me plaisait bien.

— À moi aussi, dit Laurent, qui avait ouvert la porte.

Dave s'était retourné d'un bond, électrisé par la surprise de cette voix et d'une présence si proche insoupçonnée. Il en restait bouche ouverte. Il n'eut pas le temps de la refermer, la pointe des doigts tendus de Laurent l'atteignit au plexus solaire. Avant qu'il ne puisse réagir, Laurent le conduisait à la piscine et lui enfonçait la tête sous l'eau. Il se débattait furieusement, gigotait des quatre fers, essayait d'agripper la main qui le tenait, mais une autre main alors le maintenait à son tour. Bien que la lutte parût longue, il ne fallut que peu de temps avant que Dave ne fût plus qu'une épave flottant dans la piscine.

Laurent revint alors dans le séjour. Dans la position où elle se trouvait, Jane n'avait rien pu voir, elle n'avait entendu que le bruit de l'eau brassée par les agitations désordonnées de Dave. Laurent se pencha pour déposer un baiser sur sa joue. Deux petites larmes scintillaient au coin de ses yeux.

— Pardon, dit-il, pardon pour ces coups de fouet dont je suis un peu responsable, mais je ne pouvais pas intervenir plus tôt.

— Je sais, dit Jane, je sais, ne sois pas culpabilisé.

— Attends, je vais te détacher, dit-il, caressant sa joue d'un doigt affectueux.

— Non, pas tout de suite, réponds-moi d'abord. Quelles impressions as-tu ressenties quand tu nous as vus là, quand il m'embrassait et que je me caressais ?

— J'avoue que si ce n'avait pas été la situation, j'aurais bien aimé venir vous rejoindre.

— Non, attends, ne détache pas mon bras, attends :

je veux que tu me prennes comme ça, écartelée devant toi. Baise-moi, Laurent, viole-moi !

— J'ai horreur du viol.

— Ce n'est pas un viol puisque je te désire.

Réaction à la peur ? Frustration d'un désir inassouvi ? Envie d'oublier ? Émergence de l'inconscient ? Quelle qu'en soit la raison, Laurent senti qu'elle souhaitait vivement ce rapport brutal et inhabituel. Il se pencha doucement sur elle, senti son corps se contracter lorsque le sien par mégarde effleura les stigmates de la flagellation. Il sentit son sexe humide qui l'attendait, qui l'appelait. Il s'enfonça avec respect et douceur dans ce sexe offert, mais très rapidement elle accélérait la cadence, donnait de son pubis des coups de butoir dans le bas-ventre de Laurent, recherchait une possession animale et brutale. Il la prit alors sauvagement, répondant à son désir. Elle jouit avant lui, mais il la suivit de si près qu'elle eut l'impression d'un orgasme commun.

Ils effacèrent rapidement toutes traces de leur passage dans l'appartement, essuyèrent tout le matériel de Dave qu'ils replacèrent dans le placard, récupérèrent le dossier qu'avait signalé l'Américain et qu'il avait réellement emporté dans son porte-documents de cuir fauve. Laurent écrivit une lettre qu'il laissa bien en évidence sur la table de la cuisine. Après tout, Dave aurait très bien pu venir se baigner sans l'avoir aperçu, sans avoir eu l'idée d'aller dans la cuisine.

« Darling ! Bientôt 10 heures. Une heure déjà que tu es partie. J'avais, il est vrai, l'intention de t'attendre, mais il me semble t'attendre déjà. C'est idiot et déraisonnable. Je ne suis pas fait pour une amourette à mon âge. Tu n'es pas faite pour un vieil ours tel que moi. Restons sur le souvenir d'un bon moment qu'il serait dommage de déprécier.

"Lorsque je sentirai que mon cœur est trop bien
Auprès du tien
Et qu'il s'habitue, l'imbécile,
Je prendrai mon sac tyrolien, mes blanches espadrilles
Le costume en velours qui sied à ma bohème
Et partirai, nu-tête, ainsi qu'un bohémien
Lorsque je sentirai que mon cœur est trop bien
Et que je serai près de te dire : je t'aime."

Serment bohème de Jean-Roger Caussimon.

Peut-être un jour ? À Paris, à New York, à...?
xxxx love.
Laurent. »

Chapitre 37

— Alors ? dit le vieux, votre mission s'est terminée sur la "noyade" de cet infortuné Dave ? Mais à lire la presse que vous rapportez, "l'accident" a eu lieu il y a dix jours et vous n'êtes revenu qu'hier Paris ?

— Il fallait bien attendre pour voir si quelqu'un se manifestait, si Dave était vraiment la tête et s'il avait réellement commis cette faute ! Venir seul avec un dossier sans informer ses subalternes... et puis il a fallu le temps de revendre le van.

— Pour l'avoir bradé à Josué à si bas prix, ça n'a pas dû vous prendre huit jours.

— Justement, je l'ai bradé parce que les clients ne se bousculaient pas !

— Bien sûr !

— Et puis, j'ai dû régler certaines petites affaires.

— Lesquelles ?

— Comme envoyer cinq mille dollars à la veuve de Gary et autant à celle de Sean, ces deux flics de Cairns de la mort desquels nous sommes bien un peu responsables.

— Et les dix mille dollars restant ?

— Avec quoi pensez-vous que Sue, Lou, Jane et Josué puissent venir passer deux mois de vacances en Europe ?

— Autrement dit, vous êtes l'armée du salut ?

— C'était un don des Américains à deux hommes de main ces vingt mille dollars, ça ne coûte rien au gouvernement français.

— Encore heureux !

— Ces filles nous ont bien aidés, elles méritaient une

petite compensation.

— Ouais, dit le vieux en bourrant sa pipe et ce complice, cet ingénieur de la Minatone ?

— Ça, patron, je vous laisse le soin de régler le problème avec l'ambassade d'Australie.

Dehors, il faisait bon, le printemps était en avance. Laurent rejoignit Sue, Lou, Jane et Josué qui l'attendaient au café du coin.

— Alors ? questionna Sue, tu les as eus tes quinze jours de congé ?

— Oui, dit Laurent, et savez-vous où je vous invite ce soir ?

— Non.

— À une conférence salle Pleyel : "Australie, terre inconnue".

Lexique des termes typiquement Australiens

TAB	équivalent de PMU (Totaliser Agency Board)
Mate	typiquement australien ; équivalent de « mon pote »
Froggy, froggies	de « frog » grenouille, surnom des français en Australie
Pom, pomme, pommy	surnom des Anglais en Australie, origine probable d'argot rimant avec pomegranate (grenade) ou Pummy Grant : immigrant. Dans cet argot on écourte souvent au premier mot, laissant deviner la fin et la rime
Bullshit	conter des conneries–littéralement « merde de taureau »
(Bloody) bastard	littéralement : « bâtard », peut-être un terme d'affection précédé de good, mais une insulte précédée de bloody (sacré, foutu) : « salaud »
Male chauvinist pig	cochon de phallocrate
The Wet	la saison humide (mousson) d'octobre à avril dans le nord de l'Australie
Station-wagon	un véhicule break
Billy	boîte en fer blanc munie d'une anse en fil de fer pour faire le thé sur un feu de bois
Prawn trawler	navire crevettier
Gumtree	eucalyptus, litt. « arbre à gomme » à cause de la résine
Aussie(s)	abréviation d'Australiens(s) prononcé « Ozzies »
Dreamtime	ou the Dreaming, littéralement Le temps du rêve : légendes orales aborigènes
New Aussie	nouvel australien, immigrant naturalisé, par opposition à Aussie born. Utilisé péjorativement et de ce fait proscrit dans les documents officiels
B.Y.O	bring your own (grog) : « apporter la vôtre » sous-entendu boisson alcoolisée. Acronyme affiché sur les restaurants n'ayant pas de licence d'alcool ou les clients sont autorisés à apporter leurs boissons alcoolisées
Outback	Arrière-pays : les vastes étendues quasi inhabitées à l'intérieur de l'Australie